Lars Niedereichholz
Unknorke

Zu diesem Buch

»Das hört sich doch ganz knorke an.« – Arnulf und Almut von der Ökokreditbank suchen eine »AssistentIn der Geschäftsleitung« und sind ganz entzückt von Marc. Nach 16 Semestern blickt der dem Ernst des Lebens ins Gesicht: Reihenhausschicksal, Frau schwanger. Jetzt muss Geld her. Deshalb beißt Marc die Zähne zusammen und sagt beim Vorstellungsgespräch den einzigen Satz, den die Ökos von ihm hören wollen: »Ja, ich möchte die Welt ein kleines Stückchen besser machen.« Dass es eine Welt aus liebestollen Bongolehrern, heimatlosen Robben und indianischen Hochzeitszeremonien sein wird, ist ihm da noch nicht klar. – »Unknorke« ist der haarsträubende und pointensichere, haarscharf neben unserem eigenen Alltag liegende erste Roman des Comedian Lars Niedereichholz.

Lars Niedereichholz, geboren 1968, ist seit 1997 als Mundstuhl-Comedian nicht mehr aus den deutschen Stadthallen, CD-Regalen, Radio- und Fernsehshows wegzudenken. Der sympathische Echo-Preisträger lebt mit seiner Familie im Taunus bei Frankfurt. »Unknorke« ist nach unzähligen Kolumnen und Bühnenstücken sowie einer Million verkaufter CDs und DVDs sein erster Roman.

Lars Niedereichholz

Unknorke

Roman

Piper München Zürich

Mehr über unsere Autoren und Bücher:
www.piper.de

Ungekürzte Taschenbuchausgabe
Mai 2010
© 2008 Piper Verlag GmbH, München
Dieses Werk wurde vermittelt durch die
Michael Meller Literary Agency, München.
Umschlaggestaltung: Cornelia Niere, München
Umschlagfoto: Matthew Salacuse / Getty Images
Autorenfoto: Jens Görlich
Satz: psb, Berlin
Papier: Munken Print von Arctic Paper Munkedals AB, Schweden
Druck und Bindung: CPI – Clausen & Bosse, Leck
Printed in Germany   ISBN 978-3-492-25760-2

Dies ist ein Roman. Sämtliche Personen sowie deren Handlungen sind frei erfunden.
Ähnlichkeiten mit lebenden Personen und tatsächlichen Begebenheiten sind gänzlich unbeabsichtigt, quasi eine irrwitzige Laune des Schicksals.
Nun gut. Eine Sache entspricht dann doch der Wahrheit:
Ich war vor einigen Jahren tatsächlich mit dem schönsten Mädchen der Stadt zusammen. Sie hat mich allerdings verlassen, wegen eines jungen Mannes namens Matthias.
Ach ja! Noch was:
Matthias! Der Typ, der dir in der Nacht vor deiner zweiten und somit ultimativen Steuerberaterprüfung einen kompletten Eimer vollgeschissenes Katzenstreu in die Lüftungsschlitze deines über Jahre hinweg aufwendigst renovierten weißen Oldtimers gekippt hat: Das war ich, du blöde Arschgeige!
Aber *Steuerfachgehilfe* ist ja auch nicht schlecht...

knorke [adj.] – umgangssprachlich für gut, ausgezeichnet, cool. Seit den 1980er Jahren beliebt in der Alternativbewegung. Gilt in der Jugendsprache als Kult-Retro-Wort. Das umgangssprachliche Gegenteil von *knorke* ist *unknorke*.

If this is hell then you could say
It's heavenly

Ich betrete die Terrasse, und die Holzplanken knarren unter meinen nackten Füßen.

Tief unter mir erblicke ich die Küstenstraße und dahinter einen breiten Strand, aus dem zerklüftete Felsen wie Festungen emporragen. In der Brandung dreht und wendet sich elegant ein einsamer Wellenreiter, bevor er in der schäumenden Gischt zu verschwinden droht, um Sekunden später wieder auf seinem leuchtend weißen Brett zu liegen und mit weiten Armschwüngen gen Horizont zu rudern.

Das will ich auch können, schießt es mir durch den Kopf.

Gerade habe ich dieses Haus gemietet, und nun spüre ich eine zentnerschwere Last von mir abfallen.

Ich habe es geschafft. Ich bin untergetaucht.

In Australien untergetaucht.

Begonnen hat alles vor gut zwei Monaten, mit diesem verhängnisvollen Bewerbungsgespräch ...

Der Ernst des Lebens

Ich betrete eine völlig verräucherte Küche im dritten Stock eines sehr hässlichen Hauses in der Frankfurter Innenstadt. In den Aschenbechern glimmen selbstgedrehte Zigarettenstummel, und durch die Rauchschwaden erblicke ich auf ergonomisch sinnvoll geformten und nicht aus Tropenholz gezimmerten Stühlen sitzend mein Empfangskomitee:

Die Führungsriege des ersten und einzigen deutschen Kreditinstitutes für Gutmenschen.

Es ist das erste und einzige Bewerbungsgespräch meines Lebens, und ich befinde mich in den Geschäftsräumen der *Alternativen Multikulturellen Ökologie Bank eG*, in der alternativen Szene und der bundesdeutschen Finanzwelt auch kurz AMÖB genannt.

In zentraler Position sitzt eine dickliche Person, die sich mir als *Almut* vorstellt. Sie ist Mitte vierzig und hat sich die billigsten Jacketkronen auf ihre Schneidezähne zementieren lassen, die in Mitteleuropa käuflich zu erwerben sind. *Gorgonzolafarben* könnte man den Farbton zärtlich umschreiben. Die heruntergezogenen Mundwinkel und die dazu passenden Schlupflider lassen auf eine durchweg negative Lebenseinstellung schließen, und das aufgedunsene Gesicht wird von bereits ergrauten schulterlangen Haaren eingerahmt, um einmal objektiv ihre auffälligsten physiognomischen Eigenschaften zu beschreiben. Almut sieht ein wenig aus wie eine sehr hässliche, aufgeblähte Schwester von Mireille Mathieu.

Neben ihr sitzt der Vorstand der Bank, mit dem sie offiziell »zusammen ist«. Der vor sich hin lächelnde Mann ist Ende zwanzig und hat sein bereits schütteres Haar zu einem erbärmlichen Zopf gebunden. Auf seiner Nase thront eine übergroße Brille aus knallgelbem Plastik, gerade so, als wolle er sich selbst verhöhnen. Er ist von schmächtiger Gestalt, fast wirkt er schwächlich, und dieser Eindruck wird noch durch seine zu hohe und penetrante Stimme unterstützt.

Sein Name ist Arnulf. Almut und Arnulf also.

Hat jemand Almut und Arnulf gesehen? Weißt du, wann Almut und Arnulf wiederkommen?

Das Leben ist verrückt, zumal die beiden Turteltäubchen in den kommenden Wochen fast ständig zusammen auftreten werden, um ihre unendlichen Weisheiten und unwiderruflichen Beschlüsse zu verkünden.

»Ich bin der Marc«, sage ich und erhalte von beiden einen erschreckend kraftlosen Händedruck.

Auf die Frage, warum ich mich für den ausgeschriebenen Job *AssistentIn der Geschäftsleitung* beworben habe und welche besonderen Qualifikationen ich mitbringe, müsste es ehrlicherweise aus mir heraussprudeln: »Also, leider bin ich nach sechzehn Semestern mit meinem VWL-Studium fertig, und alle erwarten, dass ich jetzt mal anfange zu arbeiten, obwohl ich überhaupt keine Lust dazu habe, aber schließlich bin ich schon über dreißig und noch dazu ist meine Freundin Nadja, die ich vor Kurzem geheiratet habe, hochschwanger, obwohl sie doch angeblich immer die Pille genommen hat, und daher steht mir das Wasser bis zum Hals, zumal ich bald eine größere Wohnung oder sogar ein Haus finanzieren muss, und die anderen achtundzwanzig Kreditinstitute, Sparkassen, Versicherungs- und Anlageberatungsgesellschaften, bei denen ich mich auch beworben habe, haben mir meine Bewerbungsunterlagen mit einem freundlichen, aber ablehnenden Standardschreiben direkt zurückgeschickt, und der ganze Ökologiequatsch interessiert mich zwar überhaupt nicht, aber ich brauche einfach irgendeinen Job, wenn's geht gut bezahlt und nicht zu stressig.«

Aber gottlob habe ich im vierten VWL-Semester das Seminar *Manipulative Verhaltenstechniken erfolgreicher Gesprächsführung* belegt (meine Mutter hatte es mir empfohlen), und daher schaue ich Almut fest in die Augen (also jedenfalls kurzzeitig, bevor ich den Blick dann doch lieber über den mit Hundehaaren übersäten Fußboden schweifen lasse) und erzähle relativ überzeugend etwas von mangelndem Ökologiebewusstsein in der Gesellschaft, schlimmer Massentierhaltung und noch nicht durchgesetzter Chancengleichheit für Männer und Frauen und davon, dass ich die Welt ein kleines Stückchen besser machen möchte.

Ja.

Das sind meine Worte.

Die Welt ein kleines Stückchen besser machen.

Almut und Arnulf und der bis dahin friedlich unter dem Tisch schlafende Hund schauen mich eine ganze Weile nickend an, und zumindest der Hund hat ganz feuchte Augen. Erst als Almut die Asche ihrer Zigarette auf den Tisch fällt, sagt Arnulf mit seiner quäkigen Ökostimme: »Das hört sich doch ganz knorke an. Und jetzt erzählen wir dir mal, wie das hier bei uns läuft.«

In den darauf folgenden zwei Stunden muss ich mir die komplette Firmenphilosophie der *Alternativen Multikulturellen Ökologie Bank eG* en detail anhören. Ein nicht enden wollender Redeschwall der beiden, die abwechselnd über verschiedene Fördertöpfe referieren, dann wieder die Auslastung gewisser Kreditrahmen diskutieren, um schließlich miteinander über die Förderwürdigkeit einzelner Projekte zu streiten.

Arnulf hat eine irritierende Angewohnheit, die mir schon bei diesem ersten Treffen auffällt: Er stochert während des gesamten Gesprächs ständig mit einem Kugelschreiber in seinem linken Ohr herum. Er scheint ein eklatantes Problem mit seinem Hörorgan zu haben, was wiederum dazu führt, dass Arnulf immer sehr laut spricht.

Kurz gesagt, ist die AMÖB gegen Atomkraft, Krieg und

Ungerechtigkeit auf der Welt. Das Firmenkonzept läuft im Wesentlichen darauf hinaus, ökologisch und ethisch möglichst sinnvolle Projekte und Unternehmen mit billigen Krediten zu fördern. Die *KundInnen* der Bank ermöglichen diese verbilligten Kredite dadurch, dass sie auf ihre Spareinlagen so gut wie keine Verzinsung erhalten. Dieser vielgepriesene und immer wieder erwähnte Zinsverzicht auf der einen Seite wird an die *KreditnehmerInnen* auf der anderen Seite weitergegeben. Und so weiter und so fort.

Ich glaube schon, dass sie mich vergessen haben, als Almut endlich fragt, wann ich anfangen könne, sie würden es gerne mit mir versuchen.

Meine zukünftige Aufgabe ist anscheinend noch nicht klar definiert, es wird etwas von der Verbesserung des Vertriebs bestehender Produkte, Sondierung neuer Produkte und von der Unterstützung der Geschäftsleitung in allen Belangen gefaselt, ansonsten soll ich einfach in mein Aufgabenfeld hineinwachsen und bereits in wenigen Tagen, zum ersten Oktober, meine Arbeit aufnehmen, im Monat werde ich genau wie alle anderen zweitausendachthundert Euro brutto verdienen. Also, bis denne.

Ganz schön bunt

Ich habe den Job!

Doch noch während der Fahrt nach Hause merke ich, dass ich diesen Job gar nicht will. Neunundzwanzig Bewerbungsschreiben.

Achtundzwanzig Absagen.

Ein Vorstellungsgespräch.

Eine Zusage.

Von der *Alternativen Multikulturellen Ökologie Bank eG*.

Ich will den Job nicht! Nicht für Geld und gute Worte. Endgültig: Nein. Unmöglich.

Das ist nun wirklich nicht meine Welt. Das passt einfach nicht zu mir.

»Und *warum bitte* willst du den Job nicht?«, keift Nadja, nachdem ich es ihr liebevoll erklärt habe, und blickt mich aus zugequollenen Augen an, die einst so prachtvolle Mähne zu einem fettigen Pferdeschwanz nach hinten gebunden und die Hände zwecks Demonstration ihrer schwangerschaftsbedingten Rückenschmerzen ins Kreuz gestemmt. Sie tut mir richtig leid, wie sie so vor mir steht.

»Schatz, reg dich bitte nicht auf«, bringe ich hervor, »möchtest du vielleicht eine Rückenmassage? Ich kann es dir dabei doch erklären.«

Doch Nadja möchte keine Rückenmassage und wartet meine Erklärung gar nicht erst ab, sondern stopft sich schnell einen Schokoriegel in den Mund und telefoniert dann mit ihren Eltern.

Zehn Tage später verlasse ich morgens gegen acht Uhr dreißig mit einer eindeutig negativen Grundeinstellung meine Zweieinhalbzimmerwohnung und meine im ausgeleierten Jogginganzug auf dem Sofa liegende Frau.

Hoffentlich sagt mittags niemand »Mahlzeit«, wenn man sich im Flur begegnet.

Hoffentlich hat man eine vernünftige Gleitzeitregelung gefunden.

Hoffentlich werde ich nicht zugeschüttet mit Arbeit.

Hoffentlich habe ich nicht jeden Tag mit totalen Vollidioten zu tun.

Die Räumlichkeiten der Bank sind in perfekter Harmonie mit ihren Statuten, in denen neben der Förderung von Ökologie, Frauen und Frieden auch das »mehrkulturige und weltumspannende Miteinander« eingefordert wird, in einem sehr bunten und lebendigen Stadtteil angesiedelt. *Multikulturell* hätte man das früher genannt.

Der Bürgersteig ist bevölkert von herumlungernden Pennern, Schülern auf dem Weg zum Schwänzen und entschlossen dahinschreitenden Schlipsträgern, ihre nahe gelegenen Hochglanzwolkenkratzer fest im Blick, in der einen Hand einen Coffee to go mit Hazelnut Flavour, die Kopfhörer des Mobiltelefons fest ins Ohr gepresst. In Ganzkörperkopftücher gewickelte Frauen schieben mit Einkaufstüten behängte Kinderwagen vor sich her oder schreien über die viel befahrene Straße hinweg in mir nicht geläufigen Sprachen irgendwelche Obst- und Gemüsehändler an. In einem Hinterhof glaube ich eine Hundemetzgerei zu erkennen.

Als ich nur noch wenige Meter von meiner neuen

Arbeitsstelle entfernt bin, vernehme ich einen tiefen Wummerbass, der sich schnell zu einem ohrenbetäubenden Getöse steigert. Kurz darauf entdecke ich neben mir die Quelle dieses infernalischen Lärms. Ein in lilasilbernem Spezialeffektlack glänzender, frisch polierter, tiefergelegter und an allen möglichen und unmöglichen Stellen mit Spoilern und Schwellern versehener, die hinteren Fenster dunkelblau verspiegelter VW Polo kommt in Schrittgeschwindigkeit auf überbreiten Reifen die Straße entlanggerollt. Die beiden sonnenbebrillten Insassen haben schwarze, nach hinten gegelte Haare und blicken extrem langsam Kaugummi kauend mit einem »Wir-checken-mal-unser-Revier-ab«-Blick durch ihre heruntergekurbelten Fenster. Einige selbst aus dieser Entfernung sichtbare, rote Minivulkane auf den verächtlich verzogenen Wangen zeugen von einer in blumigster Entfaltung befindlichen Pubertät. Beide rauchen.

Als sie auf meiner Höhe sind, kann ich vernehmen, dass es sich bei der Geräuschkulisse nicht nur um einen immer auf dem gleichen Ton vor sich hin brüllenden Bass handelt, sondern tatsächlich um eine Art Song, aggressiv herausgeschrieener, deutscher Rap, und nun kann ich auch den sich ständig wiederholenden Refrain verstehen. »Ich spalte deinen Kopf in vier Viertel und die Viertel spalte ich noch mal in der Hälfte durch! Ich spalte deinen Kopf in vier Viertel ...«

Sehr interessant. Da hat wohl einfach jemand eine Aufgabe aus seinem Hauptschulrechenbuch als Textvorlage für dieses musikalische Meisterwerk benutzt.

Mit einem Mal sieht mir der Beifahrer direkt in die

Augen, schiebt seine Sonnenbrille in die Haare und formt mit seinen Lippen eindeutig selbst für des Lippenlesens nicht mächtige Personen die Worte »schwule Sau«. Er fixiert mich noch eine Sekunde lang mit seinen Kampfhundaugen, dann wird sein Kopf nach hinten geschleudert, und der mutierte Kleinwagen rast mit einem hirnrissig lauten Auspuffrattern davon.

So.

Hier werde ich also zukünftig meine Tage verbringen.

Zwischen einem türkischen Kleinstgeschäft für *Mobiltelefone, Import und Export* und einem fichtenhölzernen Esoterikladen schlüpfe ich in das nach altem Linoleum riechende Treppenhaus meiner neuen Arbeitsstelle und mache mich auf den Weg nach oben. Natürlich zu Fuß, denn es gibt keinen Fahrstuhl (wäre ja auch reine Energieverschwendung).

Die Räume meiner Abteilung *Geschäftsleitung, Marketing und Mitgliederverwaltung* befinden sich im Dachgeschoss. Es gibt insgesamt drei Zimmer, zwei kleine und ein großes.

Das erste Zimmerchen beherbergt mich und eine Person namens Jacqueline. Es gibt Frauennamen, die einfach sexuell stimulierend auf das männliche Geschlecht wirken, und ich bin gespannt darauf, meine Zimmerkollegin kennenzulernen. Unsere Schreibtische stehen sich, nur durch ein hölzernes Bücherregal getrennt, gegenüber, und Jacqueline hat »ihre« Raumhälfte mit zahllosen Batiktüchern an Wänden und Decke, aber auch durch die Anbringung diverser Fotos und Ansichtskarten aus möglichst unwirtlichen und nicht für Urlaubsreisen geeigneten Regionen dieser Erde (Sahara, Namibia, Fuerteventura, usw.) verziert. Penetrant qualmt auf ihrem Schreibtisch ein nach Moschus und Ausland riechendes Räucherstäbchen, und da Jacqueline nicht anwesend ist, kann ich alles neugierig in Augenschein nehmen.

Ins zweite Zimmerchen hat man die Naturholzschreibtische und -regale von zwei Mitarbeitern namens Ole und Montavi gepfercht, die beiden haben sich sogar einen Computerausdruck mit dem Wort »Mitgliederverwaltung« an die Tür geklebt, um der ganzen Sache ein wenig Würde, vielleicht aber auch nur ein Stückchen Normalität anzuheften.

Das dritte Zimmer ist von menschenwürdiger Grundfläche und mit Aquarellen an den Wänden geschmückt. Federleichte Flachbildschirme und schnurlose Tastaturen zieren die beiden Schreibtische hinter denen wohlgeformte Ledersessel stehen, während die Menschen in den kleineren Zimmern gezwungen sind, auf arm- und rückenlehnenlosen Gesundheitsstühlen zu balancieren und ich (allerdings als Einziger, weil ich als Letzter dazugekommen bin) noch nicht mal einen Computer auf meinem Schreibtisch erblicken kann.

Im dritten Zimmer residieren meine Chefin Almut und ihr Lebensgefährte und oberster Chef der Firma, Arnulf, sowie deren Hündin, eine wahnsinnig hässliche Promenadenmischung namens Wanja. Wanja gehört zu der Sorte Hunde, deren Gene sich nicht auf einen gemeinsamen Nenner des offensichtlich völlig unterschiedlichen Erbmaterials der Elternhunde einigen konnten und nun von beiden die unpassendsten Merkmale in sich vereinen. Kurze Beine, Hüftschaden, oben strubbelig braun, unten glatt grau, zu langer Körper, zu kleiner Kopf, dummer Blick, fast taub.

Unter uns ist noch ein weiteres Stockwerk von der AMÖB angemietet, hier befindet sich auf vier Räume verteilt die Abteilung *Organisation und Personalwesen* mit insgesamt fünf oder sechs (ich bin mir da nie so ganz sicher) menschenscheuen Angestellten. Außerdem ist hier die Toilette (eine einzige für Männer und Frauen mit einem großen Schild »Bitte immer Hinsetzen!«) und die kleine Küche, die mir schon von meinem Vorstellungsgespräch bekannt ist. Auf dem Flur und in den Räumen dieser Etage streunen ein paar weitere Hunde herum.

Die Abteilung *Organisation und Personalwesen* hat keinen eigenen Chef, sie wird direkt von Arnulf befehligt, angeblich wird seit Jahren ein Chef (noch lieber natürlich eine Chefin) gesucht, aber aus unerfindlichen Gründen wird nie jemand gefunden.

In diesen beiden Stockwerken werden die Fäden gezogen, um in der auf der anderen Straßenseite im Erdgeschoss (immerhin!) gelegenen Filiale, ja, es ist eine richtige Filiale, die Geschäfte am Laufen zu halten. Über der gläsernen Eingangstür der Filiale ist ein großes Schild im Mauerwerk verankert.

Alternative Multikulturelle Ökologie Bank eG steht dort in gleichmäßigen, grünen Buchstaben, die Seriosität und Zuverlässigkeit ausstrahlen sollen. Nur die Punkte, die üblicherweise aus einem O ein Ö machen, sind keine gewöhnlichen Punkte. Nein. Bei der AMÖB sind es Sonnen.

Kleine, etwas plattgedrückte, hellgelbe Sonnen, die über jedem Ö in jedem Formular und jedem Pressetext der Bank erscheinen.

Mich erinnern sie allerdings eher an kleine Atompilze.

Alle in der Filiale arbeitenden Personen bilden den sogenannten »Marktbereich«, und der hat sogar einen eigenen Chef. Einen überaus cholerischen Mann, der Jockel gerufen wird, und der zuvor Lehrer an einer Behindertenschule gewesen ist.

Ein kleinlicher und pedantischer Mann, der ständig behauptet, es habe sich um eine Waldorfschule mit integrativem Zweig gehandelt.

Jacqueline und weitere Arbeiterameisen

Um meinen ersten Arbeitstag einigermaßen geschmeidig zu beginnen, habe ich mir aus der Küche einen Kaffee geholt. Er schmeckt absolut grässlich, was wohl weniger an seiner Herkunft »aus fairem Handel« liegt als daran, dass er viel zu stark ist.

Mit der dampfenden Brühe in der Hand wage ich mich immer weiter in den schillernden und fremdartig überladenen Schaffensbereich meiner Zimmergenossin Jacqueline. Ohne erkennbaren Zusammenhang sind hier verschiedenste Gegenstände aus den Bereichen *Unterdrückung und Revolution*, *Naturvölker und Objekte ihrer Kultur* sowie *Weise Indianersprüche* nebeneinandergestellt, beziehungsweise an die Wand -gehängt worden. Außerdem gibt es die Themengebiete *Krieg ist doof* und *Schöne Fotografien von Sonnenuntergängen in Wüstenregionen*, aber das versteht sich ja fast von selbst.

Der Indianerspruch *Ich bin das Land. Meine Augen sind der Himmel. Meine Glieder sind die Bäume. Ich bin der Fels, die Wassertiefe. Ich bin nicht hier, um die Natur zu beherrschen oder sie zu nutzen. Ich bin selbst Natur*, hängt neben einem Portrait von Fidel Castro. Neben dem Foto eines erschossenen Soldaten paaren sich zwei Riesenschildkröten im Dschungel Papua-Neuguineas. Außerdem stehen noch eine Buddhastatue auf und eine Bongotrommel unter ihrem Schreibtisch herum.

Gerade bestaune ich das Bild eines sehr dunkelhäutigen Mannes, der sich (anscheinend nur so zum Spaß!) eine pizzatellergroße Holzscheibe in die zu diesem Zweck völlig ausgeleierte Unterlippe drückt, als meine Zimmerkollegin barfüßig, mit einem lauten »Hallo« und zwei riesigen Aktenordnern unter dem Arm in den Raum geflogen kommt.

Zwei Dinge sind mir sofort klar: Erstens handelt es sich um eine wirklich motivierte und ökologisch völlig überzeugte Person, und zweitens kann sie optisch in keinster Weise halten, was ihr Name verspricht. Getreu dem in dieser Firma anscheinend vorherrschenden

Motto *Man kann alles noch schlimmer machen, als es eigentlich schon ist*, trägt sie zu enger Leggins (natürlich lila) und Batikshirt ein in die Stirn einschneidendes Lederband um den Kopf, der ansonsten von einem gänzlich unerotischen Igelhaarschnitt geziert wird. Ihre Nase wird fast zerquetscht von einer in Fitnessstudios bereits für leichte Hantelübungen verwendbaren Brille mit flaschenbodendicken Gläsern, hinter denen vage stecknadelgroße Äuglein zu erkennen sind.

Bis zur Sprachlähmung beeindruckt von dieser optischen Reizüberflutung ziehe ich mich mit einem gestotterten »Hi, ich bin der Marc« an meinen leeren Arbeitstisch zurück, lasse mich auf meinen ökologisch sinnvollen Gesundheitsstuhl sinken und ordne wie in Trance einige mitgebrachte Zettel, erste Arbeitsaufträge und Stifte darauf an.

Was macht der arme Mensch auf dem Foto mit seiner Unterlippe, wenn er das Wagenrad herausgepult hat? Bindet er sie sich um den Kopf wie Jacqueline das Lederbändchen? Oder macht er Springseilübungen? Warum läuft Jacqueline barfuß?

Zu meiner Bestürzung werde ich in den nächsten Tagen erkennen, dass Jacqueline nicht nur jeden Tag so aussieht, sondern aufgrund ihres Eifers und ihrer Loyalität auch Almuts und Arnulfs absolute Lieblingsuntergebene ist. Zudem können die im Nachbarzimmer sitzenden Jungs Ole und Montavi nicht gerade als Stimmungskanonen bezeichnet werden.

Ole ist an sich fast normal, abgesehen von den schweren Depressionen, die er jeden Morgen mit wässrigem Hundeblick und runtergezogenen Mundwinkeln ungehemmt zur Schau stellt. Standesgemäß für diese Sorte Mensch ist natürlich auch, dass er gerade in Scheidung lebt, angeblich, weil seine Noch-Frau plötzlich wahnsinnig geworden ist und Nonne werden will. Außerdem erwähnt er, dass sie mit dem ganzen Ökokram und der ideologischen Zusammengehörigkeit der Belegschaft, den vielen Veranstaltungen und Meetings und Gesprächsrunden nicht klargekommen sei (hört, hört!).

Auch Ole lässt es sich nicht nehmen, alle Klischees im Bezug auf sein Äußeres ungehemmt auszuleben. Neben der selbst bei Alt-Ökos als unmodern geltenden Nickelbrille trägt er einen fusseligen, schulterlangen Haarkranz spazieren, der eine Glatze einrahmt, auf der sich noch einige staubfädenartige Haare tummeln, die entsprechend der statischen Aufladung der Umgebung seines Kopfes mal am Schädel anliegen und anderntags schon wieder wippend nach oben stehen.

Um den ersten Eindruck abzurunden, sollte zudem erwähnt werden, dass Ole selbst ein halbes Jahr nach der räumlichen Trennung noch eine überdimensionale Fotografie auf seinem Schreibtisch drapiert hat, die seine Noch-Frau und seinen Sohn zeigt. Manchmal sitzt er zusammengesunken davor und weint und murmelt: »Ich vermiss euch so verdammt (schnief), so verdammt vermiss ich euch (schnief).« Betritt man in diesem Moment sein Büro, ist man gut beraten, es eine Floskel (»Wo bin ich denn hier gelandet...«) murmelnd schleunigst wieder zu verlassen, ansonsten kann es passieren, dass er sich an dich krallt, einen heftigen Zitteranfall erleidet und seine nassen Augen samt rotziger Nase tief und leidenschaftlich in eines deiner Kleidungsstücke drückt.

Der zweite Mitarbeiter aus dem Bereich Mitgliederverwaltung erfüllt alle Normen des Menschenmodels »Bereits total durchgedreht«: Montavi.

Wie ich schnell herausgefunden habe, hieß Montavi früher (also circa ein halbes Jahr vorher) einmal Felix. Montavi ist so dünn, dass man spontan an schreckliche Krankheiten denken muss, wenn man ihn sieht. Er ist ein sehr ernsthafter Typ, ein in sich gekehrter Mensch, der sich zeitintensiv mit dem Thema »Selbstfindung« beschäftigt und zum Besuch entsprechender Seminare auch seinen kompletten Jahresurlaub und sein ganzes Geld verplempert. Als er dann einmal von einem zweiwöchigen Selbstfindungskurs, einer esoterischen Umerziehungsschule namens »Pegasus«, wiederkam, hieß er auf einmal Michael, was allerdings englisch ausgesprochen werden musste (also *Maikel*), und nach einem weiteren Seminar an der Ardèche kam er schließlich mit dem Namen Montavi wieder.

Er erklärt es mir direkt bei meinem ersten obligatorischen Montagsfrühstück, bei dem sich zum Wochenanfang die gesamte Abteilung in die Küche quetscht und ökologisch sinnvolle Sachen konsumiert.

Ständiger Bestandteil sind Streichpaste aus Tofu und Rüben, steinharte Vollkornbrötchen und eine selbstgedrehte Kippe nach der anderen, wobei ich selbstverständlich echte Filterzigaretten rauche und mir damit direkt böse Blicke einhandle.

»Du weißt schon, dass Philip Morris ins Kriegsgeschäft investiert und die südamerikanischen Bauern zu Dumpinglöhnen in die Monokultur zwingt, Marc?«, raunt mir Jacqueline zu, und ich stecke mein *Marlboro*-Päckchen schnell wieder ein.

Jedenfalls, fährt Montavi fort, Montavi sei jetzt sein kosmischer Name, und er höre auf keinen anderen Namen mehr, und ich solle dies bitte beachten und respektieren. Ich glotze ihn an, während alle anderen nicken, um vollkommenes Verständnis zu signalisieren.

Montavi kommt immer mit dem Fahrrad zur Arbeit, egal bei welchem Wetter. Auch dies dient offensichtlich der Selbstfindung und soll das Leben ein bisschen härter machen.

Irgendwann vor langer Zeit ist ihm sein Fahrradsattel gestohlen worden, und aus Protest hat er sich einfach keinen neuen gekauft. Er ist schon irgendwie komisch, der Montavi.

Genau genommen sind alle meine Kollegen irgendwie komisch.

Apropos komisch.

Hirschhengste

Bei der AMÖB ist es bei Todesstrafe verboten, in Briefen, oder auch wenn man spricht, die sogenannte *Feminisierung* zu vergessen.

Ich habe davon natürlich keine Ahnung und bekomme bereits nach wenigen Arbeitstagen eine Einweisung von Almut, nachdem ich ihr meinen ersten Brief vorgelegt habe. Sie will im Übrigen immer alle Briefe und E-Mails lesen, bevor ich sie verschicke, und fast immer hat sie etwas daran auszusetzen.

Almut sitzt lächelnd hinter ihrem Schreibtisch und beugt sich nach vorne, um es mir ganz genau mit ihrer tiefen Stimme deutlich machen zu können.

Es geht im Wesentlichen darum, einfach an alle möglichen Wörter die Buchstaben »-In« (Singular) oder »-Innen« (Plural) zu hängen. Außerdem muss das kleine Wörtchen »man« immer um das kleine Wörtchen »/frau« ergänzt werden.

Beim Sprechen ist es an sich das Gleiche, und sie verdeutlicht es anhand einiger Beispiele, wobei sie das große »I« immer hervorstößt, als läge sie mit daumendick geöffnetem Muttermund im Kreißsaal. »... Innen, GenossInnen, MitarbeiterInnen, AngestelltInnen, ist das klar so weit, Marc?«

Sie schaut mich an mit ihren auf dicken Tränensäcken sitzenden Augen, und plötzlich sehe ich kurz die Fleischeslust in ihrem Blick auflodern, sehe vor mir, wie sie im Bett röhrt wie eine rollige Hirschkuh, während der kleine, teigige Arsch von Arnulf auf und nieder wippt und ...

»Marc?«

Ich erwache wie aus einem Schockzustand.

»Äh, wie bitte?«

»Ob alles klar ist so weit.«

»Jaja, alles klar.« Und dann frage ich sie, warum wir das machen, also das mit dem Neue-Wörter-Erfinden.

Minuten vergehen und sie schaut mich nur an.

Es sind wahrscheinlich nur ein paar Sekunden, aber es kommt mir viel länger vor.

Dabei macht sie dieses für sie typische Du-musst-noch-viel-viel-lernen-Gesicht, und schließlich trägt sie mit trauriger, fast resignierender Stimme vor: »Weil die Frauen seit fünftausend Jahren unterdrückt werden, mein lieber Marc. Seit fünftausend Jahren, ne.«

Sie schiebt meinen mit roten Anmerkungen zugekleisterten Brief über den Tisch und wendet sich ab. Ich muss später noch viel darüber nachdenken, wie sie ausgerechnet auf fünftausend Jahre kommt. Hat das irgendjemand mal herausgefunden?

Vielleicht sind es ja in Wirklichkeit nur zwei- oder dreitausend Jahre und man/frau muss gar nicht so viel Aufhebens um die ganze Angelegenheit machen.

Fast genauso viel muss ich darüber nachdenken, ob es *rollige Hirschkühe* gibt. Richtig sicher bin ich mir nur, dass Hirsche röhren, also männliche Hirsche. Im Gegensatz zu *Hirschkühen* scheint es für männliche Hirsche allerdings keine besondere Bezeichnung zu geben, noch nicht mal *Hirschlinge* oder *Hirschhengste*.

Darüber sollte sich mal jemand beschweren.

Ich mache mich direkt daran, meinen Brief zu verbessern.

Liebe MitgliederInnen,
zunächst möchte ich mich kurz vorstellen. Mein Name ist Marc und ich bin als »AssistentIn der Geschäftsleitung« ab sofort für die regionalen Ökologie-Gruppen zuständig. Gemeinsam wollen wir versuchen, unsere Produkte und Leistungen noch bekannter zu machen.
Man/frau merkt, dass die VertreterInnen, aber auch die GenossInnen vor Ort, richtig fleißig in den regionalen Ökologie-Gruppen arbeiten und die Idee der AMÖB im ganzen Land verbreiten. In wenigen Wochen steht das jährliche »Treffen der regionalen Ökologie-Gruppen (TRÖG)« an, und wir freuen uns schon sehr darauf, zumal wir innerhalb der letzten Monate ganz tolle neue ökologisch sinnvolle Projekte finanzieren konnten. Die wichtigsten werden natürlich beim TRÖG vorgestellt. Momentan suchen wir noch einen Veranstaltungsraum, der unseren ökologischen und sozialen Maßstäben genügt, und so weiter ...

Reihenhausrohbaubesichtigungstermin

Nachdem ich den Arbeitsvertrag unterschrieben habe, beschließen meine Schwiegereltern und Nadja, dass wir jetzt ein familiengerechtes Zuhause brauchen. Ich werde noch in der ersten Arbeitswoche mit der neuen Sachlage konfrontiert. Ein nettes Familienhäuschen wäre doch toll, gerade jetzt, wo die Kreditzinsen so niedrig wie noch nie und wir doch bald zu dritt seien und dies doch sicherlich nicht das einzige Kind bleiben werde. Sie hätten da auch schon ein tolles Angebot gesehen, das wir uns alle mal anschauen sollten.

Ein völlig neu erschlossenes Baugebiet am Rande der Stadt.

Es geht alles wahnsinnig schnell, und mit einem Schlag besichtigen wir ein matschiges, von lauten Bulldozern durchpflügtes Areal, auf dem sich im Rohbau befindliche Reihenhausreihen befinden, welche im Hochglanzexposé als »Familiengerechtes Wohnen in neu erschlossenem Stadtrandbezirk mit U-Bahn-Anbindung in die Innenstadt« angepriesen werden.

Das für uns vorgesehene Haus ist das achte oder neunte Haus in der vierten oder fünften Reihenhausreihe und hat fünf oder sechs Stockwerke. Also es ist sehr hoch, dafür aber auch sehr schmal, und wenn man/frau auf seine winzige Terrasse tritt, erblickt man/frau in bedrohlich geringem Abstand wieder seine eigene Hausfront. (Ich bin noch immer ganz geschockt von Almuts feministischer Ansprache und probiere diesen man/frau-Schwachsinn nun auch in täglichen Gesprächen aus, woraufhin mich jeder/jede wie einen Geisteskranken/eine Geisteskranke anschaut.)

Meine Frau und meine Schwiegereltern sind begeistert, auch wenn Nadja während der Besichtigung mehrmals mit ihren Gummistiefeln im Schlamm stecken bleibt und vor Anstrengung aufstöhnt, wobei meine Schwiegermutter jedes Mal hysterisch »Was is?« oder »Kommt's schon?« oder »Die Fruchtblase?« brüllt.

Nadja beklagt sich darüber, dass ihre Gummistiefel *oben sehr schmerzhaft in ihre Waden einschneiden.*

Das liegt dann ja wohl an den Waden, denke ich. Überhaupt frage ich mich bereits seit einiger Zeit, warum meine einstmals so fantastisch aussehende Freundin sich in so kurzer Zeit in eine rundliche Ehefrau verwandelt hat. Ein Kind wächst doch immer noch im Bauch heran und nicht in den Oberschenkeln oder im Gesicht, oder? Nadja hat in den letzten Wochen und Monaten sicherlich dreißig Kilo zugenommen. Sie behauptet, dass dies völlig normal und ihrer Schwangerschaft zuzuschreiben sei, und ich stimme ihr immer eifrig lächelnd zu, um das ungeborene Leben zu schützen und eine durch Verärgerung hervorgerufene spontane Früh- oder sogar Sturzgeburt zu vermeiden, aber in meinem tiefsten Inneren fühle ich mich betrogen. Vom Leben betrogen.

In Wirklichkeit ist Nadja nämlich so dick geworden, weil sie ununterbrochen Schokolade und Pizza in sich hineinstopft. Manchmal erwische ich sie in der Küche. Sie sitzt dann einfach mit gespreizten Beinen auf einem Schemel, den Wanst zwischen den Oberschenkeln, liest weder ein Buch, noch blättert sie in einer Zeitschrift oder telefoniert, sondern gibt sich schlichtweg konzentriert der möglichst kalorien- und zuckerhaltigen Nahrungsaufnahme hin.

Mit solchen Widrigkeiten zurechtzukommen, das nennt man dann wohl »erwachsen werden«, denke ich bei mir, gerade als der im 3er BMW vorausgefahrene Immobilienmakler etwas über die wahnsinnig günstigen Nebenkosten daherschwafelt.

Ich frage mich ab und zu, was die Wortkombination »erwachsen werden« wohl in der Praxis bedeutet.

Wie wird man erwachsen, und vor allem *wann* werde *ich* erwachsen?

Ich stelle mir diesen Vorgang manchmal als eine Art epileptischen Anfall vor.

Eine Art Orgasmus, der dich irgendwann packt und minutenlang durchfährt und als zuckendes, schwitzendes neues Wesen auf dem nassen Betonboden eines Parkhauses zurücklässt.

Ich hoffe darauf, von diesem Tag an einen neuen Glanz in den bislang kindlich verklärten Augen zu finden, der eine gewisse Coolness, ein gewisses Über-den-Dingen-Stehen, idealerweise in Kombination mit Reichtum und Macht ausstrahlt.

Da beim »erwachsen werden« irgendwann jeder mitzumachen scheint, es sozusagen keinen Ausweg gibt, habe ich angefangen, darum zu beten, dass sich von diesem Augenblick an sämtliche mit dem Thema verbundenen, panikerregenden Vorahnungen, wie zum Beispiel »Eine Hypothek aufnehmen« oder »Einem schreienden

Kleinstkind die Kacke vom Hintern abwischen«, in die reinste Freude, ja Selbstverwirklichung verwandeln.

»Ein Kinderspiel!«, werde ich meinen gleichaltrigen, ebenfalls supererfolgreichen und gutaussehenden Jungunternehmerfreunden zurufen, während ich im weißen Rollkragenpulli (natürlich Kaschmir!) auf meine Segeljacht springe, eine Flasche Champagner in der Hand, eine richtige Frisur auf dem Kopf und so weiter.

Meine bisherigen Lieblingsbeschäftigungen wie zum Beispiel »Mit Freunden ins Freibad gehen und Bier trinken« oder »In einer supercoolen Rockband die Bassgitarre spielen« sollen mir hingegen fortan als geradezu lästig pubertär erscheinen.

Ich ziehe gerade meinen linken Gummistiefel aus einem Schlickloch und frage mich, zu welchem Haus die geschickt integrierte Garage gehört, als mir klar wird, dass »erwachsen werden« offensichtlich nur bedeutet, dass du einen Geburtstag nach dem anderen feierst und auf einmal einen gigantischen Hypothekenkredit abbezahlen musst, während du einem deiner brüllenden Kleinstkinder die Kacke aus den Sackfalten pulst und dich über die vertraglich erzwungene Monogamie deines ehelichen Zugewinngemeinschafts-Vertrages ärgerst. Was ja nicht ganz so schlimm wäre, wenn sich deine Frau nicht während der Schwangerschaft von der schönsten Frau der Stadt in *Meat Loaf* verwandelt hätte.

Nun gut. Ich werde einfach mit ihr darüber reden müssen.

Wie heißt es doch so schön: *In guten wie in schlechten Zeiten!*

Ich muss ja nicht mit einem Satz wie »Nadja, du bist fett geworden wie ein Walross« ungehobelt mit der Tür ins Haus fallen.

»Wahnsinn!«, denke ich, als ich den Kreditvertrag für unsere Reihenhaushasenkiste unterschreibe, und obwohl wir bei der Besichtigung noch durch eine vom Regen durchpeitschte Rohbauruine gewatet sind, wird uns versprochen, dass wir bereits in Kürze einziehen können. Den Kredit für diese schöne Immobilie bekommen wir letztendlich nur, weil meine Schwiegereltern auf ihr mittlerweile abbezahltes Haus eine neue Hypothek aufnehmen. Sätze wie »Sieh bloß zu, dass du diesen Job behältst, Marc!« oder »Du hast jetzt Verantwortung, mein Junge. Verantwortung!« oder »Wie sind eigentlich deine Aufstiegschancen bei dieser Ökologiebank?« gehören fortan zu meinem familiären Alltag. Den Eltern meiner Frau kann immerhin das hart erarbeitete Eigenheim unterm Hintern weggepfändet werden, und dies bekomme ich bei jedem Telefonat und jedem Treffen (also sehr oft) aufs Butterbrot geschmiert.

Einstand

Um meinen Einstand zu feiern und einige Dinge zu besprechen, haben Arnulf und Almut die gesamte Abteilung ins Stammrestaurant der AMÖB eingeladen.

Wie so viele vernünftige und normale Zeitgenossen empfinde auch ich den *Schneidersitz* als eine der unangenehmsten Körperstellungen überhaupt. Vor allem dauerhaftes Verweilen im Schneidersitz verursacht neben Krummrücken und Hüftfehlstellung erhebliche Atemnot und allgemeines Unwohlsein.

Natürlich verliere ich über diese Fakten kein Wort, als ich das afrikanische Restaurant *Mali Liberté* betrete und die leger auf dem vollständig mit Sand bedeckten Boden verteilten Sitzmatten sehe, die in dem winzigen Geheimtipp-Szene-Etablissement als Sitzgelegenheiten dienen.

»Absolut authentisch, echte Afrikaner und superlecker!«, hat Jacqueline nachmittags noch geschwärmt und dafür sogar kurz aufgehört zu arbeiten.

Im *Mali Liberté* sind bereits drei der insgesamt vier kniehohen, wackligen Tischlein von Personen irgendwo zwischen sehr jungen Immobilienmaklern (»Echt megahip, ich schwör's euch, megahip...«) und Grundschullehrern (»Total klasse, vor allem die Musik...«) besetzt.

Aus den kleinen Lautsprechern quält sich eine eintönige Melodie, dilettantisch vorgetragen auf einem Saiteninstrument mit anscheinend nur einer Saite. Ansonsten hat das schummrig beleuchtete Lokal keine Fenster, und neben dem Sandboden sorgt eine in der

Mitte des Raumes platzierte Yukkapalme für noch mehr afrikanisches Flair.

Als wir endlich sitzen, falten wie auf ein unsichtbares Kommando hin alle außer mir die Hände, der authentisch afrikanische Kellner (Marokkaner oder Sizilianer) spricht einige Worte, die sich in meinen Ohren in etwa anhören wie »Achhelum mey!« und alle bis auf mich antworten »Achhelum momo taa!« (oder so), wobei das »taa« von einem glucksenden Schnalzlaut aus der Kehle begleitet wird.

Außer mir sind Jacqueline, Arnulf und Almut, Ole und Montavi und überraschenderweise auch Jacquelines Freund Püscha anwesend, obwohl ich aufgrund ihrer optischen Erscheinung schon gemutmaßt hatte, dass Jacqueline lesbisch sein könnte/müsste/sollte. Selbstverständlich ist auch Arnulfs und Almuts stocktaube Hündin Wanja mit dabei, die wie ein madenstichiger Sack Mehl hinter den beiden hergetrottet ist und sich im Lokal direkt ein wenig in den Sand einbuddelt, ganz so, als hätte sie einfach genug vom Leben und wünschte sich nichts sehnlicher, als genau hier und jetzt still und friedlich einzuschlafen.

Sogleich werden die Bestellungen aufgegeben, und obwohl es nur die Auswahl zwischen den Hauptspeisen *Rind*, *Huhn* und *Vegetarisch* gibt, schaffen es meine Kollegen, aufgeregt darüber zu tuscheln, welches Gericht man/frau denn heute verspeisen würde.

»Ich glaub', ich nehm' mal Huhn«, verkündet Almut.

»Aber du bist doch Vegetarierin, dachte ich«, entrüstet sich Montavi.

»Ja schon, aber ... is doch nur ein Hühnchen ...«, und so bestellen wir einmal *Huhn* für meine Chefin, einmal *Rind* für mich und *Vegetarisch* für den Rest.

Jacquelines Freund Püscha, der eine lustige Brille trägt, die die Augen ganz groß macht, spricht sehr leise und auch sehr wenig. Ich verstehe fast nichts von den demütig in sich hineingebrummten, sporadischen Sätzen, die er von sich gibt, kann aber Folgendes heraushören: Püscha ist von Beruf Tipibauer, er baut also indianische Zelte. Diese verkauft er auf den vor allem in Ostdeutschland sehr beliebten Indianermärkten, bei denen sich viele geistig verwirrte Menschen treffen und für ein Wochenende so tun, als seien sie Indianer. Diese Menschen geben sich natürlich auch möglichst naturverbundene Indianernamen wie *Hungriger Wolf* oder *Sprießende Strohblume* oder *Feuchte Pflaume*. Oder wie im Falle von Püscha und Jacqueline wahrscheinlich *Großauge* und *Kleinäugchen*.

Das Essen kommt.

Auf einer großen Holzplatte stapeln sich rund zwanzig fast geschmacklose Teiglappen, und in einfachen Holzschälchen werden die verschiedenen Gerichte verteilt, im Grunde besteht alles aus einer sehr scharfen Tomatensoße, mit oder ohne Fleischanteil.

Von den Teiglappen sollen nun Stücke abgerissen und dergestalt in das Schälchen eingebracht werden, dass beim Herausnehmen einige Tomaten- und gegebenenfalls sogar Fleischstücke am Teig haften bleiben und zum Mund geführt werden können.

Ich bin nun wirklich offen für ausländisches Essen,

bestelle zum Beispiel auch gerne beim chinesischen Bringservice gebackenen Reis, aber während mir mein erster Teiglappen in den Sand fällt, um mich herum alle »Hmm, lecker!« rufen und meine Knie schmerzen, frage ich mich ernsthaft, ob ich nicht schnell zum nächsten *Burger King* sprinten und mir dort einen ordentlichen Hamburger reinziehen soll.

»Marc, du weißt ja, deine Hauptaufgabe ist momentan die Vorbereitung vom Treffen der regionalen Ökologie-Gruppen.«

Ich zucke bei Almuts unvermittelter Ansprache ein wenig zusammen, bin ich doch gerade damit beschäftigt, ein weiteres Stück Rindfleisch mit dem Fuß im Sand zu verscharren.

»Nimm das TRÖG bloß nicht auf die leichte Schulter, du. Das sind alles sehr kritische und engagierte Leute, die unheimlich wichtig sind für uns. Wir erwarten ungefähr vierhundert TeilnehmerInnen. Du musst den Versammlungsraum organisieren, und der sollte natürlich was mit starkem, ökologischem Dingens sein, die Einladungen rausschicken, Tagesordnung erstellen, dazu geb' ich dir noch mal ein Briefing, Bestuhlung festlegen, Mittagsbuffet bestellen, und so weiter, ne. Jacqueline fährt übernächste Woche in Urlaub, die kann dir nicht helfen, ne.«

Ich schiebe die Lippen vor und mache ein Absolut-kein-Problem-und-alles-im-Griff-Gesicht, aber Almut ist noch nicht fertig: »Außerdem steht in Kürze eine neue Spezialaktion an.«

Ole und Montavi blicken sich konspirativ um.

Die beiden wissen offensichtlich, worum es geht.

»Marc«, sagt Almut, »ich kann dich dazu nicht zwingen, du, das kann man/frau in keinen Arbeitsvertrag schreiben, und deine Teilnahme ist absolut freiwillig, aber es würde mich und auch den Arnulf sehr freuen, wenn du uns hierbei unterstützen und mitmachen würdest. Die Spezialaktionen sind unheimlich wichtig und genießen ein hohes Ansehen in der gesamten Community, du. So etwas wird heute doch kaum noch gemacht. Alle reden und reden, ne. Und die Grünen fahren doch die dicksten Autos von allen.«

Der wie fast immer lächelnde Oberchef Arnulf schiebt sich gekonnt einen prächtig gefüllten Teiglappen in den Mund, nickt fast unmerklich und sagt fiepsig: »Total unknorke!«

Almut hat sich ganz nah zu mir über den Tisch gebeugt und sieht mich eindringlich an. Mir steigen die Tränen in die Augen, als sie mir ihren scharfen Tomaten-Hühnchen-Atem ins Gesicht haucht und leise fortfährt: »Marc. Zweimal im Jahr wollen wir ein Zeichen setzen, du. Taten statt Worte, ne. Marc. Umwelt- und Naturschutz kann man/frau nicht herbeireden. Da ist aktives Handeln erforderlich, du. Das muss richtig knallen. Muss in die Zeitung danach und den Leuten die Augen öffnen. Arnulf und ich können bei den Spezialkisten leider nicht mehr mitmachen, ne. Wir stehen als Vorstand und AbteilungsleiterIn ohnehin schon im Kreuzfeuer der Öffentlichkeit ... Ole und Montavi. Die zwei führen die Spezialdingenskirchen durch und könnten deine Hilfe sehr dringend gebrauchen, du. Sehr dringend.« Die beiden erwähnten Kollegen schauen mich erwartungsvoll an, und Montavi flüstert: »Es geht um Artenschutz diesmal.«

Almut macht eine generöse, Redefreiheit gewährende Handbewegung in Richtung Montavi und lehnt sich mit knacksenden Kniegelenken zurück, während Montavi, meine zustimmende Teilnahme voraussetzend, den groben Einsatzplan erläutert.

Im Keller

Es gibt Dinge im Leben, die derart unterschwellig gemein sind, dass die durch sie ausgelöste Demütigung erst nach einer gewissen Zeit, dafür aber langfristig eintritt. Zum Beispiel ist mir erst nach und nach bewusst geworden, dass ich mir eine Immobilie mit der Hausnummer 16 i gekauft habe. 16 i.

Ich fühle mich wie ein völliger Versager, als wir unsere neue Anschrift mit den »Wir-sind-umgezogen«-Karten und E-Mails verschicken, und auch bei der Adressangabe in der brandneuen Videothek empfinde ich es als tiefe Schmach, dem Videothekmitarbeiter auf seine Frage »Hausnummer?« die Antwort: »Sechzehn Ihhh« zu geben.

»Wie bitte?«

»Sechzehn Ihhh, verdammt. Sind Sie taub?«
»Sechzehn Ihhh. Sechzehn Ihhh. Kein Mensch wohnt in Sechzehn Ihhh. Woll'n Se mich veräppeln?«
Vielen Dank.
»Ich habe sowieso keine Zeit mehr einen Film auszuleihen, ich arbeite jetzt, hab nämlich mein Studium abgeschlossen und einen Spitzenjob gefunden im Gegensatz zum Beispiel zu einem Aushilfsjob in einer Videothek, und in meinem eigenen Haus ist auch sauviel zu tun, vor allem, weil bald mein eigenes Baby die ganze Nacht schreit, und außerdem sind Ihre Filme sowieso alle scheiße!«

Mein neues Leben ist schrecklich, da gibt es nichts zu beschönigen. Meine dicke Frau, mein hypothekenbelastetes Vorstadtreihenmittelhaus, meine vollkommen rätselhafte Arbeitsstelle, meine bis zum Bersten aller Toleranzgrenzen wahnsinnigen KollegInnen und Vorgesetzten – alles schrecklich.

Das Allerschrecklichste allerdings, die allerschrecklichste Zeit des ganzen Tages, ist meine Mittagspause, denn Jacqueline ist praktizierende Buddhistin.

Dies bedeutet, dass sie mittags nie etwas essen muss.

Dies bedeutet aber auch, dass sie jeden Mittag eine Dreiviertelstunde *Chanten* muss und sich bereits morgens darauf zu freuen scheint.

Wenn Jacqueline *chantet*, kann man sich unmöglich mit ihr im gleichen Raum aufhalten, ohne binnen weniger Minuten an unheilbarer Schizophrenie zu erkranken.

»Wann machst'n du heute Mittagspause?«, fragt sie jeden Morgen freudig erregt.
»Äh, weiß noch nicht...«
»So um zwölf Uhr dreißig?«, schlägt sie vor.
»Hm. O.k.«, gebe ich meist leidenschaftslos zurück.
Punkt zwölf Uhr dreißig.
»Wolltest du nicht jetzt Mittagspause machen?«
Sie macht bereits einige vorbereitende Lockerungsübungen, wie beispielsweise das Herunterbaumelnlassen ihrer Arme oder das In-den-Nacken-Legen ihres Kopfes.

Wenigstens ist sie darüber hinaus noch so fair, das bevorstehende Ereignis durch Entzünden der Kerzen neben ihrer Buddhastatue anzukündigen und mir so die Möglichkeit zum überhasteten Verlassen des Raumes zu geben. Dann kniet sie sich vor ihren Schreibtisch, schließt die Augen, legt ihre Handrücken auf die Oberschenkel, sodass die Handflächen zwecks verbesserter Empfängnis kosmischer Energien nach oben zeigen, und holt tief und lange Luft.

Und wie um die nun eingetretene, anmutsvolle Stille zu ohrfeigen, bricht es mit einem Mal aus ihr heraus, ein Geräusch, ansatzweise vergleichbar mit einem defekten Vesparoller ohne Schalldämpfer.

»Remngnangaremnremngnagnaremnremngnagnagnaremnremngnagnaremn...«

Eine Dreiviertelstunde lang.

Das ist *Chanten*.

Grundsätzlich freuen sich Arbeitnehmer höchstwahrscheinlich auf ihre Mittagspause.

Ich freue mich nicht, denn mir fehlen jegliche Möglichkeiten, diese Mittagspausen sinnvoll zu verbringen.

In der ein Stockwerk unter uns gelegenen Küche essen Almut und Arnulf Speisen vom *Ökofoods & Biodrinks*-Lieferservice, und man läuft Gefahr, in ein Gespräch über den Fortschritt diverser Arbeitsaufträge verwickelt zu werden. Noch schlimmer ist es, wenn man die Küche betritt und Arnulf dabei erwischt, wie er mit einem Stift in seinem Ohr pult.

Die Straße kann man kaum betreten, ohne sich zwischen Kriminellen und Drogensüchtigen in Lebensgefahr zu begeben oder unvermittelt einer Ziegenschächtung beizuwohnen, und in Laufentfernung gibt es nur halbvergammelten Döner zu essen.

Abgesehen davon, präsentiert sich der fortschreitende Oktober weiterhin in ungemütlichem Nassgrau, sodass auch ohnehin schon relativ schwachsinnige Tätigkeiten wie *Herumspazieren* nicht in Betracht kommen.

Eventuell könnte ich ja auf der Toilette ein wenig Onanieren.

Ich verdränge den Gedanken, dass unsere Geschäftsräume unter Missachtung sämtlicher gesetzlicher Vorschriften und im Rahmen der allgemeinen Gleichschaltung nur mit einer einzigen Toilette ausgestattet sind und mahne mich zur Eile, als ich die klapprige Holztüre öffne. Meine Schuhsohlen verursachen ein Quietschen auf dem hellgrauen Linoleumboden, und ich setze mich schnell auf den Klodeckel, auch um das ebenso unerotische und eindeutig von Frauenhand angefertigte Schild »Nur Schweine pinkeln im Stehen!« nicht vor der Nase zu haben. Ich schließe die Augen und versuche, an große, feste Brüste zu denken, doch ein Geräusch aus dem Flur lenkt mich kurz ab und als ich aufblicke, verliere ich augenblicklich die Lust, denn an der Innenseite der Toilettentür hängt eine prall gefüllte Plastiktüte auf der mit ökologisch verträglichem Textmarker »Für Binden und Tampons« geschrieben steht.

Sind halt ganz offen mit solchen Themen, die Mädels von der AMÖB. Ist ja auch was ganz Natürliches, und man muss kaum kotzen, wenn man sich den Inhalt der Plastiktüte vorstellt.

Abgesehen davon ist die Behauptung mit den »Schweinen« schlichtweg sachlich falsch, und ich fühle mich daher nicht mehr an die Aufforderung zum Sitzpinkeln gebunden. Vielmehr pinkle ich jetzt zur Ehrenrettung aller Schweine nur noch im Stehen.

Meine Rettung ist der Keller.

Im dunklen, staubigen Keller des Gebäudes dient ein schmaler Raum als Lager für Büromaterialien, aber vor allem auch für alte Kreditunterlagen. Offenbar werden von Schuldnern einzureichende Kreditunterlagen wie Bilanzen, aktuelle Gewinnermittlungen, Geschäftsprognosen oder Geschäftskonzepte nach der Bewilligung des Kredits einfach ohne jedes System in die Metallregale gestopft und warten nun gemäß eines Arbeitsauftrages mit dem hochtrabenden Titel »Reorganisation des Ablagesystems des Debitorengeschäfts« darauf, von der

AssistentIn der Geschäftsleitung alphabetisch sortiert zu werden.

Und so verbringe ich Jacquelines Mittagspause eben genau damit.

Es ist natürlich kein Traumjob, aber ich bin unbeobachtet und kann mich sogar über das ein oder andere Geschäftskonzept irgendwelcher Träumer amüsieren, und es ist immer noch besser, als auf der Straße in eine Heroinspritze zu treten, in der Küche meine Chefin zu treffen, von Jacquelines Stimme zersägt zu werden oder in die Nähe dieser Plastiktüte zu kommen.

Außerdem entdecke ich in diesem Keller etwas, das mir später von großem Nutzen sein wird.

Und immerhin kann ich auf Almuts fast tägliche Nachfragen nach diversen von mir zu betreuenden Projekten immer so etwas entgegnen wie »Bin gerade total mit dieser ›Reorgadingens Kreditkiste‹ im Vollstress, ne, da hau ich richtig rein, du ...«

Immens wichtig für ein stressfreies und dennoch erfolgreiches Arbeitnehmerleben erscheint mir übrigens das möglichst schnelle Adaptieren der Sprechweise des Unternehmens, im Speziellen: des Jargons meiner Führungskräfte. Man darf das natürlich nicht übertreiben, aber in Almuts Fall muss man einfach das Wort »du« an das Ende eines jeden zweiten oder dritten Satzes hängen, ersatzweise auch ein wie als kurze Frage nach oben gezogenes »ne«, um ein Vertrauensverhältnis zu suggerieren und sympathisch engagiert zu wirken.

Eine weitere von mir dezent imitierte Kiste ist dieses Dingenskirchen mit dem Dingens:

In Ermangelung des korrekten Fachausdrucks oder einfach aus Faulheit oder weil es total ökologisch und alternativ wirken soll, benutzt Almut bei allen etwas längeren Bezeichnungen die Endungen »Dingens« oder »Kiste«. Und wenn sie gar nicht mehr weiterweiß, oder wenn besondere Wichtigkeit signalisiert werden soll, wird das »Dingens« sogar noch zu »Dingenskirchen« erweitert.

So wird aus dem »Unternehmensleitbild« das »Unternehmensdingens«, aus »Sonderabschreibungen« die »Abschreibungskiste« und aus den »marktüblichen Kreditzinsen« die »marktüblichen Dingenskirchen«.

Almuts jeweiliger Gesprächspartner muss die wahre Bedeutung des Begriffs einfach aus dem Zusammenhang erahnen oder im Extremfall sogar nachfragen, was natürlich zu erbosten Reaktionen über die Unzulänglichkeit des Gegenübers führt.

Bei meiner zweiten Führungskraft Arnulf ist die Sachlage eine andere.

Arnulfs Sprechweise zeichnet sich neben ständigen kleinen Lachern, die ununterbrochenes Gut-drauf-Sein signalisieren sollen, vor allem durch seine Wortspielereien aus.

Er kann sich königlich über seine kleinen Wortakrobatiken amüsieren und blickt immer beifallheischend in die Runde, nachdem er eine von diesen verwendet hat. Mittlerweile hat die ganze Abteilung demütigst seine wichtigsten Wortschöpfungen übernommen und so spricht jeder bei der »Mehrwertsteuer« von der »Märchensteuer« und bei den »Abschreibungen« von den »Abtreibungen«.

Doch zurück zum Keller. Stoisch und dennoch akribisch mache ich mich jeden Mittag an die Arbeit. In einem ersten Schritt geht es darum, die völlig chaotischen Kreditunterlagen aus den Regalen zu räumen und alphabetisch zu sortieren, sodass in dem neonlichtbeleuchteten Raum mit der Zeit gut zwei Dutzend Stapel in die Höhe wachsen. Aufgrund der immensen Staubentwicklung überlege ich hierbei mehrfach, einen Atemschutz zu verwenden, nachdem heftige Niesattacken zum Besudeln diverser Kreditanfragen geführt haben. In einem zweiten Schritt müssen die Regale dann alphabetisch beschriftet und zum Schluss wiederum vollgeräumt werden.

Ursprünglich ist die verantwortungsvolle Tätigkeit im Keller eine Aufgabe von Montavi gewesen, der Auftrag ist jedoch aufgrund des schlechten Allgemeinzustandes von Montavi auf mich übertragen worden, da Ole (der an sich ersatzweise dafür zuständig gewesen wäre) schon zu viele Arbeitsaufträge hat.

Trotz meiner sehr kurzen Betriebszugehörigkeit habe ich mittlerweile einiges über Montavi, den man getrost als Problemkind der Abteilung bezeichnen kann, erfahren. Mir wurde erzählt, dass er innerhalb der letzten Monate zwischen zwanzig und dreißig Kilo abgenommen habe, obwohl er gar nicht so besonders dick gewesen sei.

Es herrscht trotz Montavis Beteuerungen, dass er nur ein bisschen Stress habe, eine Atmosphäre unausgesprochener Verängstigung, also zumindest bei mir. An seinem Geburtstag will ich ihm jedenfalls kein Küsschen geben, ehrlich gesagt nicht mal aus seiner Tasse trinken.

Andere behaupten, der Gewichtsverlust komme durch das ständige ayurvedische Erbrechen, dem sich Montavi zum Zwecke der Selbstreinigung hingibt.

Wie gesagt: Mein neues Leben ist schrecklich, da gibt es nichts zu beschönigen.

Geburt

»Verdammte Scheiße! Fuck! Fuck! Fuck! Fuck!«

Ich knalle den Hörer auf das Telefon und laufe, panisch meine Hände an die Seiten meines Kopfes pressend, vor meinem kleinen Schreibtisch auf und ab.

Gerade noch habe ich mit Almut und Jacqueline in der Küche gesessen. Seit zwei Stunden organisieren wir Jacquelines Urlaubsvertretung, die zu einhundert Prozent mir übertragen wird, und Jacqueline übergibt mir Dutzende von mit Zusatzanweisungen versehenen Projekten und Arbeitsaufträgen, die erledigt werden sollen.

»Es ist viel, aber es ist zu schaffen!«, ist Almuts Kommentar zu dem Wust an Papieren und Notizen, den ich nach Beendigung der Besprechung auf meinem Schreibtisch ablegen will, als unvermittelt das Telefon klingelt. Es ist Nadja, und sie haucht diese grässlichen, furchtbaren Worte in den Hörer und klingt dabei, als müsse sie sterben: »Es ist so weit!«

»Fuck! Fuck! Fuck!«

»Was ist denn mit dir los?« Jacqueline und Almut schauen ins Zimmer.

»Es ist so weit!«, schreie ich und hetze hinaus. An die Schwangerschaft meiner Frau habe ich mich fast schon gewöhnt, aber die Tatsache, dass es jetzt tatsächlich zur Geburt kommen soll, trifft mich wie ein Genickschlag.

Zum Glück wohnt seit einigen Tagen meine Schwiegermutter bei uns (was für eine vollkommen verrückte Aussage ist das denn?), um Nadja beistehen zu können. Sämtliche für den Krankenhausaufenthalt benötigten Utensilien sind seit Langem in einer im Flur bereitstehenden Tasche verstaut.

Auf meiner Fahrt direkt zum Krankenhaus versuche ich mich abzulenken, indem ich die im Rahmen von Jacquelines Urlaub auf mich zukommenden Zusatzaufgaben rekapituliere.

Also: Die Pflanzen auf Jacquelines Schreibtisch und in der Küche gießen.

Ich überlege angestrengt.

Ach ja: Struktureller Vergleich sämtlicher am Markt aktiver ökologischer Finanzdienstleister inklusive Rückschluss auf die eigene Produktpalette.

Mehr fällt mir partout nicht ein.

Vor einigen Tagen habe ich Jacqueline gefragt, wohin sie denn in Urlaub verreisen wolle.

»Bongokurs in Afrika!«, hat sie mit stolzer Stimme und einem Unterton geantwortet, der suggerieren sollte, dass es für ganzheitliche Menschen schließlich gar keine andere Möglichkeit gibt.

Das hätte ich mir natürlich gerade nach dem Anblick ihrer Foto- und Postkartensammlung fast denken können. »Hauptsache Scheiße«, scheint Jacqueline ihrer Reisebürotante vor jedem Urlaub zuzurufen.

Oder vielleicht gibt es diese Eingabeoption ja mittlerweile auch in den Suchmasken der diversen Internetreisebüros.

Reiseziel: Hauptsache Scheiße
Unterkunft: Hauptsache Scheiße
Reisedauer: zehn bis vierzehn Tage
Suche starten.

Als ich im Krankenhaus ankomme, sind Nadja und meine Schwiegermutter schon da.

Ich betrete das Zimmer auf der Entbindungsstation.

Nadja ist an einen Wehenmesser angeschlossen und auf einem Bildschirm erscheinen die Herztöne des Kindes als regelmäßige grüne Striche.

»Na? Alles klar?« Saudumme Frage von mir. Zum Glück antwortet niemand. Alle sind zu sehr mit Nadja beschäftigt.

Ein junger Arzt hat zwei Finger in die Vagina meiner Frau gesteckt und sagt gerade: »Ja. Hmm. Das fühlt sich doch gut an. Ja. Sieht gut aus ...«

Ich würde ihm am liebsten eine reinhauen! Was bildet sich dieser Penner ein?

Mit einem Mal stößt Nadja einen Schrei aus, der mir das Mark in den Knochen gefrieren lässt, und hört einfach nicht mehr auf zu schreien.

»Gott sei Dank bin ich ein Mann. Gott sei Dank bin ich ein Mann. Gott sei Dank bin ich ein Mann«, flüstere ich in den nächsten Minuten mit geschlossenen Augen gebetsmühlenartig und zerquetsche währenddessen Nadjas Hand. Erstaunlicherweise bedankt sie sich später sogar dafür, sagt, ich wäre ganz dolle dabei gewesen und hätte alles miterlebt und wäre eine große Hilfe gewesen.

Während Nadja exorzismusartig zuckt und meine Schwiegermutter heult wie ein Kleinkind, verrichten die Hebammen ihre Arbeit mit der Ruhe und Gelassenheit eines alten Automechanikers, der eine Zündkerze wechselt. Fast gelangweilt sagen sie Dinge wie »Dammschnitt« oder »Presswehen« oder »Ich sehe schon Haare«.

Und auf einmal: Plopp. Ist das Kindchen da.

Ich will nie wieder Sex haben. Nie wieder.

Ein kleines, blutverschmiertes, vor sich hin jammerndes Bündelchen wird meiner Frau auf die Brust gelegt.

Ich kann es nicht fassen.

Ein Junge! Eindeutig ein Junge!

Seit Monaten hat uns die offensichtlich vollkommen inkompetente Frauenärztin erzählt, dass »nichts« zu erkennen wäre und wir uns eindeutig auf ein Mädchen einstellen können. Zu Hause warten Dutzende pinkfarbener Strampelanzüge, die Kinderwiege ist mit einem Holzschild »Kleine Prinzessin« verziert, und auf der Tapete des neuen Kinderzimmers spielen Feen und Schmetterlinge Fangen.

»Möchten Sie die Nabelschnur durchschneiden?«

Der wie aus dem Nichts hinzugeeilte Arzt reißt mich aus meinen Gedanken und hält mir mit einem Na-zeigmal-was-du-kannst-alter-Kumpel-Blick eine gebogene Schere hin.

»Lieber lass ich mich in die geschlossene Psychiatrie einweisen«, will ich antworten, aber ich bin so glücklich vor Erleichterung, Freude und gleichzeitigem Entsetzen über den Geburtsvorgang an sich und das Geschlecht des Kindes im Besonderen, dass ich ohne Weiteres zugreife.

Wir warten noch auf die Nachgeburt, die ich mir gleich einpacken lasse, denn schließlich möchte Nadja, dass ich in unserem winzigen Garten einen Baum oder wenigstens einen Busch darauf pflanze. Dann drücke ich meine Frau und verlasse das Krankenhaus in dem festen Glauben, dass jetzt alles besser wird. Dass sich jetzt alles findet und zusammenfügt und wieder ins Lot kommt. Doch ich täusche mich gewaltig.

Ein Freund, ein guter Freund

Ich telefoniere sofort mit meinen Eltern, die seit der Pensionierung meines Vaters vor zwei Jahren unverschämterweise in einer kleinen Wohnung in Florida leben. Sie freuen sich wie verrückt und versprechen, in absehbarer Zeit einmal zu kommen, und ich solle doch möglichst bald ein Foto mailen. Am Abend lade ich diverse Freunde und Bekannte und die Mitglieder meiner Rockband

(Three Rocks! Die besten Rocksongs der Siebziger!) in meine Stammkneipe ein, um dem berühmten Männerbrauch »Wir trinken ganz viel Alkohol, weil jemand Vater geworden ist« zu frönen. Wir haben uns gerade hingesetzt, da bestellt ein ganz besonders witziges Kerlchen zwei Flaschen *Fernet Menta*, die kurz darauf mit acht kleinen Gläsern auf den Tisch gestellt werden.

Das ganz besonders witzige Kerlchen heißt Raphael und ist seit der Schulzeit mein bester Freund. Er hat die gänzlich realitätsferne Vision, nie als Angestellter zu arbeiten, sondern direkt in die Selbstständigkeit durchzustarten, möglichst als Berater der NASA oder als Projektleiter für Logistikprobleme der Deutschen Bahn. Raphael wohnt allerdings nach wie vor bei seinen vergreisenden Eltern, hat bis auf einen kurzen Aushilfsjob bei einer Müllverwertungsgesellschaft noch nie gearbeitet und – weitaus schlimmer – noch nie eine Frau gehabt.

Er hat die Figur von Balou aus dem Dschungelbuch und ist wohl der einzige lebende zweiunddreißigjährige Schnauzbartträger. Raphael steht sicherlich nicht mit beiden Beinen im Leben, er steht genau genommen noch nicht einmal mit einem Bein im Leben, aber er ist definitiv der liebenswerteste Chaot, den man sich vorstellen kann, und trotz allem absolut zuverlässig. Als ich etwa neun Jahre alt war und im Flur meiner Eltern eine Porzellanvase zerdepperte, gab Raphael die Tat bereitwillig zu. Als ich mich einige Jahre später über die unerfreuliche Aussicht aus meinem Kinderzimmer beschwerte, sprühte Raphael eines Nachts still und heimlich sämtliche vor meinem Fenster postierten Mülltonnen rosa an.

Und heutzutage ist Raphael immerhin Manager und Tontechniker meiner Rockband, einer unbedeutenden Festzeltcombo, die sich ganz der Rockmusik der Siebzigerjahre gewidmet hat. Led Zeppelin. The Doors. Foreigner. Jimi Hendrix. Whitesnake. AC/DC. Black Sabbath.

Er vereinbart unsere Auftritte bei Vereinsfesten und bei der Freiwilligen Feuerwehr, baut unser Equipment auf und lobt mich hinterher sogar für mein doch eher mittelmäßiges Bassspiel. Die weiteren Mitglieder von *Three Rocks!* sind Tim (Gitarrist) und Uwe (Schlagzeug), die jetzt beide mit erhobenen Gläsern vor mir sitzen und mich angrinsen. Da wir seit Jahren keinen Sänger finden, wechseln wir uns mit den Gesangsteilen ab, was nicht immer gut klingt, uns aber wenigstens die Umbenennung in *Four Rocks!* erspart.

Sicherlich sind wir nicht die besten Musiker, und Raphael ist bestimmt nicht der beste Tontechniker. Bei ihm muss man oft den Willen für die Tat nehmen. So auch bei seinem letzten Meisterstreich: der Organisation meines Junggesellenaustandes.

Stilsicher wählte er hierfür das Frankfurter Bahnhofsviertel aus und fing nach zwei Bieren damit an, in jeder Spelunke herumzuposaunen, dass ich bald heiraten würde, was dazu führte, dass ich mich ständig von schnauzbärtigen, türkischen Barbesitzern und drogensüchtigen Nutten abknutschen lassen musste.

Gegen Ende dieses peinlichen Abends standen wir in einem heruntergekommenen Striplokal und über die bis zur Pegelverzerrung beanspruchten Lautsprecher wurde gerade »Madame Schuschu« angekündigt, woraufhin die Zwillingsschwester von Tina Turner als Wasserleiche zum pumpenden Beat von »Voulez vous coucher avec moi?« die Bühne betrat und mich sofort fixierte, nachdem Raphael wieder durch den Raum gebrüllt hatte, dass ich mich bald vermählen würde.

Kurz darauf stand ich mit »Madame Schuschu« auf der winzigen Bühne und wurde von dem glubschäugigen und in die Jahre gekommenen Transvestiten dazu genötigt, mit ihm zu tanzen und dabei den Oberkörper frei zu machen, während meine Freunde inklusive Raphael lauthals »She-male! She-male! She-male!« riefen.

Vielleicht auch, um diesen Reinfall vergessen zu machen, füllt Raphael jetzt, nachdem ich Vater geworden bin, mein Glas randvoll mit *Fernet Menta*. Ziemlich genau ab diesem Zeitpunkt kann ich mich an den weiteren zeitlos garstigen Verlauf des Abends nur noch fragmentarisch erinnern.

Randvolle Gläser stoßen aneinander.
Köpfe mit den gleichen Gläsern an den Lippen werden nach hinten geworfen.
Lautes Lachen.
Jemand bestellt noch eine Flasche *Fernet Menta*.
Ein anderer verteilt Zigarren.
Blauer Dunst.
Raphael übergibt sich.
Tim und Uwe feiern mit nacktem Oberkörper weiter.
Der Wirt will, dass wir gehen.
Raphael steht auf und kippt zur Seite weg.

Raphael hat eine Platzwunde an der Stirn und blutet sein T-Shirt und den Boden voll.
Blaulicht.
Krankenwagen.
Jemand bestellt noch eine Flasche *Fernet Menta*.
Raphael ist wieder da, mit sechs Stichen genäht.

Wir stehen schwankend vor der Kneipe, und ich erkläre Tim, Uwe und Raphael, dass ich mit sofortiger Wirkung aus der Band aussteigen muss, weil ich jetzt eine Familie und einen Beruf habe. Dass ich natürlich Angst habe vor der Zukunft und der Verantwortung, aber dass jeder Abschied auch ein Neuanfang ist und es eben weitergeht im Leben und ich das Leben als Herausforderung sehen möchte, als Chance zur Weiterentwicklung.

»... Schonzzezuweidännntwicklnng!«

Die drei hören mir gar nicht zu, bewundern nur feixend und mit glasigen Augen Raphaels genähte Platzwunde und gehen wieder ins Wirtshaus.

Mir ist kalt und ich steige in mein Auto.

Schwere Nachgeburt

Am Morgen nach dem *Fernet-Menta*-Desaster steht mein Auto tatsächlich vor unserer Wohnung.

Wie ist das denn da hingekommen?

Trotz unglaublicher Kopfschmerzen fahre ich in die Klinik, darf meinem Jungen allerdings nicht zu nahe kommen.

»Der bekommt doch einen Hirnschaden, wenn du den anhauchst« und »Lass den bloß liegen, du lässt den noch fallen«, sind nur einige der viel zu lauten Bemerkungen, die ich mir von meiner Schwiegermutter anhören muss. Als ich versehentlich gegen eines der medizinischen Überwachungsgeräte neben dem Krankenbett meiner Frau stoße und eine herbeigeeilte Hebamme eine Bemerkung über meine angebliche Alkoholfahne macht, bricht Nadja in Tränen aus. Das müssen erste Anzeichen der typischen postnatalen Depression sein.

»Tut mir leid, Schatz!«, murmele ich, und meine Schwiegermutter packt mich entschieden zu hart am Arm, zieht mich zur Tür und zischt: »Mein lieber Marc. Das Außenbüro des Standesamtes ist gleich unten im Erdgeschoss. Das wirst du wohl finden, oder? Dieses Standesamt hat noch bis mittags geöffnet. Wie wäre es, wenn du dich einfach nützlich machst, nach unten gehst und alle Formalitäten hinsichtlich des Namens deines Sohnes erledigst. Damit wäre uns allen am meisten geholfen, mein lieber Marc!«

Nachdem ich mich in eine lange Schlange glücklicher Elternteile gestellt habe, öffne ich eine mit dem Schild »Standesamt – Klinik« versehene Tür. Ich betrete einen fensterlosen Raum und blicke direkt in die Glubschaugen des Transvestiten, der noch vor wenigen Wochen seinen in ein Paillettenröckchen gezwängten Hintern rhythmisch an mein Becken gepresst und dabei meine Hände auf seine ausgestopften Brüste gedrückt hat.

Natürlich trägt er jetzt vollkommen angemessene, fast förmliche Kleidung, und die Tina-Turner-Perücke fehlt ebenso wie die bis zum Schritt reichenden High Heels, aber dennoch:

Sie ist es. Er ist es, meine ich.

Ich setze mich auf den Besucherstuhl vor seinem Schreibtisch und lächle ihn an, aber er tippt lediglich auf seiner Tastatur herum und fragt dann routiniert gelangweilt: »Name?«

Hallo? War das tatsächlich die gleiche Stimme, die mir noch vor Kurzem völlig überdreht »Aiaiaiaiai! Du kleiner geiler Bengel! Aiaiaiaiai! Voulez vouz coucher avec moi? Rrrrrriehaaa!« ins Ohr geschrien hat?

Ich bin irritiert und frage zögerlich: »Äh, ... Madame Schuschu?«

Madame Schuschu fixiert mich mit einem stechenden Blick und schiebt das Kinn auf eine sehr unweibliche Art und Weise nach vorn. Nachdem sie sich mit einer raubvogelartigen Kopfbewegung davon überzeugt hat, dass ich die Zimmertür hinter mir zugemacht habe, zischt sie: »Hör zu, du kleiner Wichser. Ich weiß nicht, was du von mir willst, aber jeder muss schauen wo er bleibt, bei der miesen Bezahlung im öffentlichen Dienst, und wenn ich von dir noch einmal irgendwas in Sachen ›Madame Schuschu‹ höre, ruf ich ein paar russische Freunde an, und die reißen dir die Eier ab! Und jetzt verpiss dich!«

Es entsteht eine unangenehm lange Pause.

»Ähm. Ich wollte eigentlich nur meinem Neugeborenen einen Namen geben. Also, wenn's geht ...«, entgegne ich relativ ruhig, auch weil mein Organismus nach dem vorangegangenen Abend nicht zu einer Steigerung der Herzfrequenz in der Lage ist.

Madame Schuschu hat sich mittlerweile wieder gefangen und demonstrativ ein Namensschild mit der Aufschrift »Ernst Kreitlmeyer« in die Mitte des Schreibtisches gerückt. Professionell höflich fragt sie: »Nun? Wie soll das Kindchen denn heißen?«

Ich stiere kurz vor mich hin und mir fällt auf, dass ich keine Ahnung habe, wie das Kindchen denn heißen solle.

Marie. Eigentlich.

Marie oder Sofie. Da waren wir uns nie einig gewesen, Nadja und ich.

Madame Schuschu blickt mich fragend an, und ihre Hände verharren über der Tastatur.

»Ähm. Ich habe keine Ahnung«, sage ich.

»Wie. Sie haben keine Ahnung!?«

»Nun. Wir dachten, es wird ein Mädchen!«

»Und?«

»Es ist ein Junge!«

»Das kenne ich!«, behauptet Madame Schuschu und schaut kurz melancholisch auf die winzigen Reste von dunkelrotem Nagellack auf ihren Fingernägeln.

Ich sitze bereits eine gute Stunde in dem Raum, mittlerweile klopfen andere Neuelternteile entnervt an die Tür und beschweren sich lautstark. Ich blättere zum dritten Mal das *Buch der Namen* durch, welches mir Madame Schuschu freundlicherweise überlassen hat.

»Hm!«, sage ich erneut.

»Na?«, entgegnet Madame Schuschu mit einem leicht irrsinnigen Lächeln auf den Lippen und fügt hinzu: »Haben wir dann mal etwas gefunden?«

»Hm! Hm!«, bringe ich hervor und blättere weiter, zum Buchstaben V.

Natürlich habe ich mittlerweile schon versucht, Nadja telefonisch in ihrem Zimmer zu erreichen, jedoch nur die Stationsschwester gesprochen, die kurz angebunden etwas von einer langwierigen Nachuntersuchung und einer beginnenden Brustentzündung erzählte und dann einfach auflegte.

»Wir waren doch schon auf einem guten Weg!«, behauptet Madame Schuschu und blickt auf einen von ihr angefertigten Zettel, auf dem mehrere, zum Großteil bereits wieder durchgestrichene männliche Vornamen stehen. Mit möglichst optimistischer Stimme fasst sie die Arbeit der letzten sechzig Minuten nochmals zusammen: »Also: Wir wollen auf der einen Seite Ihre Vorfahren in der Familie ehren, daher stehen hier die Namen Ihres Vaters und Ihres Schwiegervaters. Thomas und Roland. Roland wollen Sie nicht, weil es Sie an einen – wie Sie sagen – ganz unseriösen und zudem hässlichen Politiker erinnert. Auf der anderen Seite wünschen Sie sich einen Namen, der aktuell und beliebt ist, und wir haben zwei in den letzten Jahren sehr beliebte Namen herausgeschrieben. Max und David. David fanden Sie irgendwie so jüdisch, und somit ist doch alles klar! Wir machen einen schönen Doppelnamen mit Bindestrich. Okay?«

Ich schaue den im falschen Körper Geborenen an und blinzele.

»Gut!«, sagt dieser glücklich.

»Ich druck das jetzt mal aus und Sie unterschreiben einfach hier unten.«

»Thomas-Max?!« Nadja und meine Schwiegermutter keifen gleichzeitig los, und Nadja fängt schon wieder an zu weinen, wobei ihr der Kopf nach vorne auf die Brust kippt und ich feststellen muss, dass sie offenbar Haarausfall hat. Es wäre sicherlich übertrieben, es eine *kleine Glatze* zu nennen, aber es handelt sich eindeutig um *sichtbaren Haarausfall*.

»Mit Bindestrich«, bringe ich zu meiner Verteidigung hervor.

»Thomas-Max«, hauchen die beiden noch mehrmals vor sich hin, und meine Schwiegermutter murmelt »Der arme Junge!« in sich hinein.

»Wir werden uns schon daran gewöhnen!«, baue ich meine Verteidigung weiter aus.

Warum ich nicht nachgefragt habe?

Wegen der Brustentzündung.

Ob man das noch mal ändern könne?

Nein.

Ich hätte mich ja dann erneut in diese Schlange stellen müssen, und außerdem finde ich den Namen gut. Also zumindest okay. Andere Menschen müssen mit ganz anderen Vornamen groß werden, zum Beispiel heißt ein Sohn von Uwe Ochsenknecht Blue Jeans oder so ähnlich, und der Sohn von David Bowie heißt Zowie. Zowie Bowie.

Nadja sagt, ich solle bitte gehen.

Auf dem Weg hinaus laufe ich noch mal an der Babyaufbewahrungsstation vorbei und freue mich, meinen Sprössling durch eine Glasscheibe hindurch anschauen zu dürfen. Eine Schwester tauscht gerade kopfschüttelnd das vorläufige gegen das endgültige Namensschildchen aus.

Wie ich in den kommenden Tagen allerdings feststellen muss, habe ich mich zu früh gefreut, denn man kann mit Säuglingen absolut nichts anfangen.

Nicht die geringste Reaktion kann ich provozieren. Meine »Sag mal Papa«-Aufforderungen mögen ja wirklich überzogen gewesen sein, aber selbst auf ein »Kutschikutschi« oder ein »Dada« gibt es absolut keine Reaktion. Ich frage den Arzt, ob denn alles in Ordnung sei mit dem Kind, aber er versichert mir, dass mein Junge ein absolut altersgerechtes Verhalten an den Tag lege.

Vor dem Hintergrund des absoluten Desinteresses meines Kindes mir gegenüber kann ich mich in den folgenden Tagen guten Gewissens einer weiteren Herzensangelegenheit junger Eltern widmen, dem Nestbau.

Dass einige Kleinigkeiten wie Außenputz, Bodenbeläge, Steckdosen und Gartenbegrünung in unserem neuen Reihennest noch fehlen (Bauleiter: »Kommt im Herbst«, Ich: »Es ist doch Herbst«, Bauleiter: »Im nächsten Herbst!«), tut vor allem vor dem Hintergrund der von meiner Frau eilig ausgesprochenen Kündigung unserer gemütlichen und inzwischen an ein homosexuelles Pärchen vermieteten Studentenbude nichts zur Sache. Wenigstens geht die Heizung, wir sollen sie sogar ununterbrochen laufen lassen, um die »Feuchtigkeit rauszutreiben«.

Während Frau und Kind im Krankenhaus liegen, vertreibe ich mir das Wochenende damit, die letzten Habseligkeiten aus dem vierten Stock unserer gemütlichen Innenstadtwohnung in unser tolles neues Reihenhaus im neu erschlossenen Stadtrandbezirk zu verfrachten. Nachdem mehrere Freunde und Bekannte abgesagt haben, hilft mir wenigstens der gute alte Raphael dabei, Schränkchen, Stühle, Bilder, Stereoanlage, Teller, Töpfe, Messer, Gabeln, Löffel, Pflanzen, Handtücher, Regale, Wäsche, Kleidung, Kosmetikartikel und Tinnef jeder Art in einen gemieteten Kleintransporter zu packen und wegzuschaffen.

An diesem Wochenende ziehen noch andere glückliche Paare (alle in meinem Alter, alle mit Kind, alle mit gemietetem Kleintransporter) in ihr neues Heim ein, sodass es im Bereich der engen Zufahrten vor den Reihenhäusern zu erheblichen Verkehrsstörungen und ersten Streitereien kommt, zumal es seit Wochen regnet.

Einer Frau, die mir zum wiederholten Mal mit ihrem Sixt-Mietbus die Einfahrt versperrt, rufe ich ausgelöst durch meine angespannte zeitliche, berufliche und private Situation sogar »Arschloch« hinterher. Das ist natürlich nicht sehr gentlemanlike und tut mir auch sofort leid, aber ich bin halt vollkommen angespannt. Vielleicht habe ich ja sogar das *Burn-out-Syndrom*.

Als ich feststelle, dass es sich bei der Frau um meine direkte Nachbarin handelt, schicke ich Raphael hinüber, und er entschuldigt sich für mich.

Wasserschaden

Hurra! Ein völlig gesundes Kind. Noch dazu ein Junge.

Kein Herzfehler, keine Hasenscharte, alle Chromosomen am richtigen Fleck und vollzählig und auch keins zu viel, und die ganze Sippe freut sich natürlich wie verrückt.

Noch nicht mal Kleinigkeiten wie Spreizfüße oder kurzfristige Gelbsucht kann der Arzt in das Formular eintragen, und so hole ich entgegen aller Erwartungen Mutter und Kind bereits wenige Tage nach der Entbindung nach Hause, wo mittlerweile sogar einige Wände tapeziert sind.

»Gott im Himmel sei Dank. Gott im Himmel«, schwärmt meine Schwiegermutter, das kleine, wimmernde Bündelchen betrachtend, das wir gerade aus der Säuglingsstation abgeholt haben.

Als wir mit Thomas-Max Nadjas Krankenhauszimmer betreten wollen, ist allerdings schon wieder dieser vaginalfixierte Arzt bei ihr.

»Ich schau mir das noch mal kurz an, und in einer Woche können wir dann die Fäden ziehen«, raunt er ihr mit einschmeichelnder Stimme zu und signalisiert uns Neuankömmlingen mit erhobener Hand, doch bitte kurz draußen zu warten.

Gut. Soll er sich DAS doch ruhig noch mal anschauen. Von mir aus.

Mein Hormonhaushalt hat ja seit der Geburt jedem Sexualtrieb für immer abgeschworen. Soll er doch jede

Woche irgendwelche doofen Fäden ziehen. Ich lasse mich nicht provozieren. Nach einigen Minuten öffnet er mit einem »Alles bestens!« die Tür und verschwindet in den endlosen Linoleumkorridoren der Klinik.

Leider sieht meine Frau immer noch sehr schlecht aus. Die stumpfen, dünnen Haare und die kalkweiße Haut lassen sich vielleicht ja durch einen raschen Besuch beim Friseur und im Sonnenstudio beheben.

Der entrückte Ich-bin-so-müde-und-fühle-mich-schrecklich-Blick könnte vielleicht durch die von mir mitgebrachten Blumen (4,99 bei *Aral*) aufgehellt werden.

Wirklich Sorgen macht mir die Tatsache, dass Nadja immer noch etwas aufgedunsen wirkt. Fast so, als habe die Entbindung gar nicht stattgefunden.

»Ich habe dir mal ein paar Klamotten mitgebracht, aber die werden wahrscheinlich noch nicht wieder passen.«

Nadja blickt mich mit zitternder Unterlippe an.

»Na ja, ich meine ja nur. Du bist halt immer noch ein ganz schöner Brummer, Süße.«

Während sich Nadja bei ihrer Mutter ausweint und diese mich kopfschüttelnd ansieht, sage ich noch mit möglichst liebevoller Stimme Sachen wie »Ist doch egal, ich liebe jedes Kilo an dir«, kann aber hierdurch keine Verbesserung der offensichtlich vollkommen desolaten emotionalen Situation meiner Frau herbeiführen.

Man muss mir eine gewisse Unsensibilität sicherlich verzeihen, immerhin bin ich mit den Nerven völlig am Ende. Der Job. Das Kind.

Und dann noch die Katastrophen in meinem Eigenheim.

Als wir zu Hause sind, verfrachte ich Nadja, Schwiegermutter und das seit dem Verlassen des Krankenhauses unentwegt schreiende Baby schnell nach oben, in die zweite Etage, in der sich das Elternschlafzimmer, ein Kinderzimmer und das Bad befinden, denn unten – also im Eingangsbereich, in der Garage, im Heizungskeller und im Wäschekeller – ist in der Nacht zuvor Wasser eingebrochen.

Genauer gesagt strömt das Wasser aus den Bodenabläufen der ebenerdig integrierten Garage, die sich in diesem Fall sozusagen ungefragt in Bodenzuläufe verwandelt haben, in den nur durch eine Tür getrennten Eingangsbereich und von dort in den Heizungs- und Wäschekeller.

»Is bei allen Häusern hier, wa? Im ganzen Block. Liegt an der Hanglage, da läuft's Wasser runter. Problem mit den Drainagen«, erläutert der offensichtlich aus Berlin stammende Bauleiter bei einem kurzen Besuch in meiner Garage.

»Wir sind da dran! Is halt keen Wunschkonzert, so 'nen Neubau, keen Wunschkonzert.«

»Wie lange dauert das denn jetzt, bis das Wasser weg ist?«, frage ich, während wir mit den Gummistiefeln durch zwanzig Zentimeter tiefes Wasser waten und er mir immerhin hilft, einige triefende Umzugskisten auf die Treppe nach oben und somit ins Trockene zu wuchten.

»Drainagenprobleme und dett komplett verregnete

Oktober, wie jesacht«, erwidert er, ohne überhaupt auf meine Frage einzugehen.

»Seinse mal froh, dass se nich der Roy Black sind.«

»Hä?«

»Dem Roy Black, dem sind alle seine neu jebauten Villen in Spanien eenfach ins Meer jerutscht. Neunzehnneunundachtzich war dette. Eenfach so ins Meer gerutscht. Beim ersten Regen. Da hatte der sein janzet Geld reinjesteckt, damals, der Roy Black. Und dann isser jestorben. Herzversagen. Der Roy Black. Konnter froh sein, dass noch keener drin gewohnt hat, in den schönen Villen, war noch im Rohbau. Dat wär noch schlimmer jewesen, wa? Viel zu steil war dette da. Da is dette hier noch det Paradies, dagegen. Viel zu steil war dette.«

Frau Lii

Kurze Zeit später klingelt die bereits Monate vor dem errechneten Geburtstermin gebuchte asiatische Hebamme Frau Lii, um den frisch gebackenen Eltern den Umgang mit dem Säugling zu erklären.

Als ich die Tür öffne, schwappt eine kleine Welle schmutzig braunen Wassers nach draußen.

»Ohhh, feuch, ni gudd, suu feuch hier«, sagt sie zur Begrüßung.

»Ich weiß, dass es hier zu feucht ist, fast nass, könnte man sagen, aber ich kann nichts dafür und habe zufälligerweise nur dieses eine Haus zur Verfügung.«

»Ahhh feuch. Ni gudd füa klaa Baby. Ni gudd.«

»Oben ist es nicht so feucht«, kontere ich nochmals und schubse sie die Treppe hoch.

Bald stehen wir im Badezimmer.

Frau Lii hat die Hände geschickt um den winzigen Körper geschlungen und schwenkt das zufrieden glucksende Kleinstkind im warmen Wasser des randvollen Waschbeckens.

Mein kleiner Sohn ist richtig süß, auch wenn er sehr viel schreit. Sowie er schläft, stecke ich gerne meinen Zeigefinger in sein winziges Händchen, woraufhin er immer ganz feste zudrückt und dabei glucksende Laute von sich gibt. Sicherlich habe ich noch ein wenig Berührungsängste, er ist so klein und zerbrechlich, ich traue mich fast nicht, ihn hochzuheben, geschweige denn, ihn – wie andere vollkommen wahnsinnige Eltern – in die Luft zu werfen und wieder aufzufangen.

Mit Erstaunen und nicht ohne Stolz stelle ich fest, dass er bereits im Alter von nur drei Tagen über einen enormen Hodensack verfügt.

Der macht seinen Weg, denke ich bei mir, während Frau Lii gekonnt das im Verhältnis dazu relativ kleine Köpfchen abstützt und uns routiniert Anweisungen gibt, die meine Schwiegermutter akribisch auf einem Zettel notiert, der dann an den Badezimmerspiegel geheftet wird: »Ein maa in Woocke macke Bade.«

Wir sollen das Kind einmal in der Woche baden.

»Jede Taack macke Kleeme aufe Nabe.«

Jeden Tag Heilsalbe auf den Nabel schmieren.

»Wenne schlaie, macke Bluste oda gucke Poopoo, wenne rrood, macke Kleeme.«

Wenn er schreit, die Brust geben oder nach After schauen. Wenn After rot, mit Heilsalbe einschmieren.

Nadja, meine Schwiegermutter, Frau Lii und ich.

Wir alle betrachten andächtig das kleine Wesen und sein glückliches Baden, eine harmonische, fast in sich ruhende Atmosphäre stellt sich ein.

Ein Baby wird gebadet.

Plötzlich befiehlt Frau Lii, dass ich das Kindchen nehmen solle.

Das geht mir alles viel zu schnell, und ich habe ja auch noch keinerlei Übung, und irgendwie ist alles so glitschig, und dann schlüpft mir das Köpfchen aus der Hand und schlägt auf dem Rand des Waschbeckens auf, was dazu führt, dass der Säugling augenblicklich losbrüllt, Nadja einen spontanen Weinkrampf erleidet, meine Schwiegermutter konsterniert »Nein, oh nein, nein, nein!« ruft und Frau Lii wieder vorwurfsvoll ihr »Ni gudd, ni gudd füa klaa Baby!« herunterleiert während ich »Heilige Scheiße!« schreie.

Zu meinem Glück ist bis auf ein lange anhaltendes Gewimmer und einen völlig versauten Abend nichts Ernsthaftes passiert, denn Säuglinge haben noch extrem weiche Köpfe, auch um überhaupt durch den Geburtskanal zu passen, wie ich im Geburtsvorbereitungskurs gelernt habe.

Während meine Schwiegermutter die restlichen Umzugskartons ausräumt, mache ich mich noch immer leicht geschockt von meinem kleinen Missgeschick wieder an die Eindämmung der Wasserschäden.

Morgen ist ein neuer Tag. Ein neuer Arbeitstag.

Ich werde es noch mal langsam angehen lassen, ein wenig entspannen.

Kein Mensch kann erwarten, dass ich gleich sämtliche Arbeitsaufträge bearbeite, schließlich gibt es so etwas wie die *Einarbeitungszeit*.

Der richtige Stress wird schon noch früh genug kommen, der durchgeplante Arbeitsalltag mit erfolgreich durchgeführten Projekten und noch ungeahnten Erfolgen und ständigen Meetings und Marktanalysen. Kongresse. Auslandskontakte. Firmenfahrrad.

Ein ständiges Schulterklopfen wird das werden.

Baumgeburten

Almut und Jacqueline haben ein Geschenk zur Geburt meines Kindes für mich. Zunächst soll ich möglichst detailliert von der Niederkunft erzählen, und große Enttäuschung macht sich breit, als die beiden erfahren, dass es sich weder um eine Hausgeburt noch um eine Wassergeburt gehandelt hat.

Hausgeburten gäben dem Kind ein ganz besonders schönes Karma mit auf den Weg und Wassergeburten sowieso, schließlich kämen wir doch alle aus dem Wasser.

Als ich erwidere, dass wir ja eher aus den Bäumen kämen, da ja evolutionstechnisch gesehen weniger die Fische, als doch eher die Affen unsere Vorfahren seien und man/frau demnach doch eher über Baumgeburten nachdenken sollte, erstirbt die Diskussion und mein Geschenk wird überreicht.

Genau genommen sind es sogar zwei Geschenke, nämlich zwei Babytragetücher, eins für mich und eins für Nadja. Meines ist aus kartoffelsackbrauner Jute, die augenblicklich ein grausames Jucken am Hals verursacht, nachdem Jacqueline es mir ungefragt umgeworfen hat. Das andere ist aus etwas handzahmerem Material (ökologisch verträglich angebaute Baumwolle?), dafür aber von schmutzigem Weiß mit rosafarbenen Batikflecken.

»Natürlich aus fairem Handel«, erklärt Jacqueline beseelt.

»Oh. Super. Danke. Voll süß«, lüge ich und befreie mich ungeschickt aus dem eng anliegenden Trageutensil, während Almut noch sagt: »Die Nadja muss ich sowieso mal von Frau zu Frau anrufen und gratulieren, ne. Und jetzt mal wieder an die Arbeit.«

Am Nachmittag kommt Jacqueline nach langen und lauten Aufräum- und Projektabschlussgeräuschen in meine Hälfte unseres Arbeitszimmers, um sich in ihren Urlaub zu verabschieden. Ich glaube, sie hätte mich eventuell sogar ganz esoterisch umarmt, wenn ich ihr nicht schnell die Hand hingestreckt und »Viel Spaß in Afrika!« gerufen hätte.

»Danke. Ich freu mich voll und Marc, das war total schön, was du heute morgen gesagt hast.«

»Ähm ... was denn?«

»Na, das mit den Baumgeburten. Voll die schöne Idee und irgendwie voll anthroposophisch und so ganzheitlich und so ...«

Ihr Freund Püscha ist gekommen, um sie abzuholen und zum Flughafen zu bringen, dabei nickt er die ganze Zeit treuherzig und glotzt mit seinen Riesenaugen zu Boden. Püscha selbst will allerdings nicht mitfliegen, wahrscheinlich hatte er in letzter Zeit nicht so viele Tipis verkauft.

Indoktrination

»Heute komme ich mal mit!«

Ich blicke Nadja an und versuche, die Bedeutung ihrer Worte zu begreifen.

»Du willst ... mitkommen? Zu meiner Arbeit?«, frage ich zögerlich.

»Na klar! Almut hat mich angerufen und mir gratuliert und von der betriebsinternen Kindertagesstätte erzählt! Sie war voll nett.«

Nadja hat sich von ihrer unerträglichen Kindbettdepression erholt und ist nun voller Tatendrang, obwohl das unentwegte Kreischen des Babys Schlaf unmöglich macht.

Wahrscheinlich aufgrund des Schlafentzugs habe ich keine schlagenden Argumente parat, die Nadja davon überzeugen können, zu Hause zu bleiben, und so steigen wir an diesem Morgen alle drei in die öffentliche Sklavenbeförderungseinrichtung namens U-Bahn.

Tatsächlich gibt es in der Filiale der AMÖB eine betriebseigene Kindertagesstätte, die sowohl von MitarbeiterInnen während ihrer »Babypause« wie auch von alleinerziehenden TeilzeitmitarbeiterInnen und den KundInnen (gegen ein geringes Entgelt oder das Mitbringen von Naturalien wie Vollkorngebäck) genutzt werden kann.

Bei meinen täglichen Besuchen in der Filiale – immer, wenn ich von Almut oder Arnulf in die Filiale geschickt werde, um irgendwelche Unterlagen abzuliefern oder abzuholen – ist ein lautes kindliches Gequäke und jungmütterliches Gequatsche zu vernehmen.

Bei genauem Hinsehen ist im hinteren Teil der ganz in Naturholz gehaltenen Filiale ein mit Holzlatten abgegrenzter Bereich zu erkennen, in dem sich schwammige, in lila Tragetücher, erdfarbene Röcke und großzügige Blousons gewickelte Frauen bewegen oder teeschlürfend auf Sesseln und Stühlen diskutieren. Viele von ihnen haben kurze und praktische Ich-habe-Kinder-und-kann-jetzt-scheiße-aussehen-Frisuren, und bei den meisten sind die leicht abgesackten Brustwarzen anhand des sich ausbreitenden Eigenmilchflecks recht genau zu lokalisieren. Zwischen ihren unrasierten Unterschenkeln krabbeln oder liegen Kinder auf dem Boden oder spielen mit reichlich vorhandenem ökologischem und sinnvollem Holzspielzeug.

Durch eine Tür geht es in einen kleinen Hinterhof, in dem für die älteren Kinder eine Holzrutsche und eine Schaukel bereitstehen. An der Holzrutsche hängt ein Schild »Bitte vorsichtig rutschen! Splittergefahr!«.

Wir nähern uns der Szenerie und ich will gerade zu Nadja sagen »Hab doch gesagt, dass das nichts für dich ist!«, als sich eines der Walrösser erhebt und unter den netten Blicken der anderen »Na! Das muss ja wohl die Nadja sein. Herzlich willkommen in unserer kleinen Gruppe!« ruft und mich mit einem kurzen »Hallöchen, Marc« bedenkt.

Immerhin weiß sie meinen Namen, es hat sich also bis in die Filiale herumgesprochen, dass ich der neue Mitarbeiter bin. Die Dame ist eine Kollegin aus der Personalabteilung. Sie heißt Birte, ist seit drei Jahren im Mutterschutz und hat sich zu einer Art »Leitkuh« in der betriebsinternen Kinderbetreuung gemausert.

Mit einer halben Umarmung wird Nadja inklusive Kind flugs gruppendynamisch integriert.

»Wie wär's mit 'nem schönen Teechen?«, ruft Birte.

»Oh, is' der süß, der Kleine. Na ja, bei der Mutter«, schwärmt jemand etwas übertrieben.

Birte schlägt direkt einen vertraulich-geheimnisvollen Ton an: »Wir haben's gerade von diesem Tiermehlskandal bei Kinderfertigbrei. Ekelhaft. Also wir machen natürlich alles selber, aus ökologischem Anbau. Sag mal, ihr habt doch auch einen Neubau, oder? Habt ihr denn an ökologisches Dämmmaterial gedacht? Ihr habt doch nicht etwa Glasfaser, oder? Na. Nun setzt dich erst mal. Wird dir gefallen bei uns.«

»Danke, nett habt ihr's hier!«, sagt Nadja und lächelt dabei. Sie lächelt so, als meine sie das tatsächlich ernst und ergänzt »Hmm, lecker, der Tee«.

Die Leitkuh ist nicht zu stoppen: »Und vor allem milchproduktionsfördernd, du stillst doch, hoffe ich! Ach natürlich, das sehe ich an deinen Augen. Ist auch das Beste. Muttermilch ist das Beste!«

Alle anderen Mütter nicken und muhen zustimmend.

»Das Allerbeste!«, ruft eine aus dem Außengehege Hereinstolpernde, die sich sofort auf meinen Sohn stürzt und dabei »Was für ein schönes Tragetuch!« schreit.

Ich winke kurz und im Weggehen höre ich noch, wie Nadja gefragt wird, ob sie morgen wiederkommen wolle, es gebe einen interessanten Vortrag mit dem Titel »Vereinfachte Darmreinigung für Gestresste« und übermorgen werde eine Ernährungswissenschaftlerin das Thema »Mögen sie Plastik? Ja? Dann essen sie Margarine!« behandeln.

Am späten Nachmittag sitzt Nadja neben mir in der wie immer überfüllten U-Bahn und kurz vor unserer Haltestelle sagt sie mit einer verträumt-nachdenklichen Stimme: »Das war ein ganz toller Tag. Ich sag dir mal was. Das sind richtig starke Frauen. Die engagieren sich für was, haben Ideale. Ich komme morgen wieder mit! Freu mich schon.«

Als sie völlig unvermittelt ihre Bluse öffnet, ihren Still-BH aufreißt und eine ihrer großen, weißen Brüste herausfallen lässt, an der sich Thomas-Max augenblicklich festsaugt, weiß ich, dass etwas ganz gehörig aus dem Ruder zu laufen beginnt.

zwei

Ich blicke auf den Indischen Ozean und warte darauf, dass der große rote Ball am Horizont versinkt.

Die wenigen Wolken stehen in dunklem Orange und sattem Weiß am Himmel, völlig bewegungslos, wie in einem Ölgemälde. Ich schiebe mir eine Traube mit Schimmelkäse nach der anderen in den Mund.

Gut einhundert Meter unter mir schmiegt sich die Küstenstraße an den Strand, und wenn nicht ab und zu ein Auto vorbeikommen würde, könnte man denken, die Zeit sei stehen geblieben. Gleich werde ich noch einmal hinunterfahren ins Städtchen, um mir einen eisgekühlten *Block* zu holen, einen fast perfekten quadratischen Pappkarton in dem sich zweiunddreißig Dosen Bier befinden. Quasi ein Sixpack für Ehrliche.

Ich kann immer noch nicht glauben, dass ich ausgerechnet hier gelandet bin, nach meiner Odyssee durch diesen riesigen Kontinent.

Und hätte Jacqueline ihren vermaledeiten Urlaub nicht ausgerechnet in Afrika gemacht, dann wäre ohnehin alles ganz anders gekommen.

Aber eines nach dem anderen ...

Riesenstress

Jacqueline ist seit über einer Woche im Urlaub, und es ist die Hölle. Sie hat ihr Telefon auf mich umgestellt, und es klingelt ununterbrochen, bis ich beschließe, den Apparat auf *lautlos* zu stellen und zu ignorieren.

Nadja begleitet mich fast jeden Morgen, geht mit Thomas-Max in die Kindertagesstätte in der Filiale und erzählt mir abends, was wir in unserem Leben alles verändern müssen. Strahlungsarme Telefone. Bettdecken mit Heufüllung. Wasserfilter auf Kieselsteinbasis. Ausrichtung des Bettgestells diagonal zur Mondlaufbahn. Und so weiter.

Außerdem fühle ich mich von den beiden Pickeljungs in ihrem getunten VW Polo extrem beobachtet, vor allem, seit ich morgens so oft mit Nadja und dem Kind unterwegs bin.

Fast jeden Morgen fahren sie im Schritttempo neben

mir her, machen mit den Armen Bewegungen, die irrsinnige Fettleibigkeit andeuten sollen, und zeigen dabei auf Nadja oder rufen mir einfach »Schwule Sau« oder »Homo« hinterher. Dann lachen sie sich halb tot und geben Vollgas.

Wenigstens hat es endlich aufgehört zu regnen.

Ich beschließe, mir für meinen PC ein Fernsehantennenzusatzmodul zu besorgen, welches in einen freien Steckplatz am Rechner gesteckt wird und mit dem man Satelliten-TV empfangen kann. Schließlich muss ich als AssistentIn der Geschäftsleitung immer topaktuell informiert sein, um die besten Entscheidungen im Sinne der Firma treffen zu können.

Es funktioniert sofort. Hundertvierunddreißig Programme. Zufällig bleibe ich auf der Vierundsiebzig hängen und beobachte gebannt hünenhafte Männer in Holzfällerhemden, mit Armen wie Kartoffelsäcke und Händen wie Gullydeckel, die mit riesigen Kettensägen und gigantischen Äxten herumhantieren.

»Das Eintreiben des Keils mit bis zu acht Schlägen ist erlaubt, aber gemäß den Regeln muss eine gerade Scheibe abgesägt werden. Und das wird ein extrem enges Rennen hier, ouououo, da ist er einmal aus dem Rhythmus gekommen, das wird schwer...«

Ich schaue bereits seit Minuten die *Stihl Timberland Weltmeisterschaft für Sportholzfäller*, als Almut den Raum betritt: »Ich versuche schon den ganzen Morgen, dich zu erreichen, ist dein Telefon kaputt? Und...was machst du denn da?«

»Äh. Mittagspause.«

Ich fuchtele ein wenig mit den Händen und hacke auf die Tastatur ein, bis wieder der normale Bildschirm erscheint, immerhin ein Dokument, auf dem sämtliche Mitglieder aller regionalen Ökologie-Gruppen nach Postleitzahlen sortiert aufgelistet sind.

Ich wende mich dem Bildschirm zu und studiere angestrengt die Namen, dabei brabbele ich völlige Konzentration vortäuschend so etwas wie: »So, dann wollen wir mal schaun.«

»Marc?«

Mein Ablenkungsmanöver hat nicht funktioniert.

»Mittagspause? Es ist gerade mal zehn Uhr morgens, ne. Was soll das denn?«

Almut hat eine ganz erregte, aber irgendwie müde Stimme, als sie das sagt. Sie unterstellt mir, dass ich bis jetzt noch immer nicht die Einladungen zum TRÖG rausgeschickt habe (o.k., da hat sie recht), dass ich nicht auf sie zugekommen sei wegen der TRÖG-Tagesordnung (auch dies stimmt), dass ich wahrscheinlich noch keinen Veranstaltungsraum für das TRÖG gebucht (auch richtig), geschweige denn ökologisch und biologisch einwandfreies Essen für die Mittagspause oder ein passendes Rahmenprogramm organisiert habe (korrekt beobachtet).

Dass ich eigentlich noch gar nichts gemacht habe, seit ich hier arbeite (na ja ...).

Dass sie sich frage, ob etwas an meiner Motivation nicht stimme und dass Arnulf sich das auch frage.

»Selber!«, will ich sagen, finde es dann aber unpassend und sage lieber: »Hey. Moment mal. Und was ist mit dieser Reorgakiste Kreditdingens?«

Almut wird jetzt sehr gereizt.

»Das Projekt ›Reorganisation des Ablagesystems des Debitorengeschäfts‹ (Huch! Sie kennt den korrekten Namen ja doch!) ist auf deiner Liste mit den Arbeitsaufträgen mit Priorität C gekennzeichnet. Du lässt dieses Projekt jetzt augenblicklich ruhen.«

Wer hat ihr all die Fachbegriffe beigebracht? Aber jetzt ist nicht der Zeitpunkt, darüber nachzudenken, denn Almut schüttelt so heftig den Kopf, dass ihre Hängebacken hin und her schwenken.

»Bis zum TRÖG sind es keine drei Wochen mehr, die Mitglieder in den Regionen laufen Amok, weil sie weder den Veranstaltungsort noch den Veranstaltungstag kennen, Marc! Eberhart aus Freiburg hat mich gerade angerufen und sich beschwert, dass noch keinerlei Informationen vorliegen.«

»Wer ist denn Eberhart aus Freiburg?«, frage ich ohne vorher wenigstens kurz nachzudenken.

»Eberhart aus Freiburg ist der Chef der Freiburger Ökologie-Gruppe, auch das solltest du mittlerweile mal wissen, mein lieber Marc, ne. Freiburg muss gepflegt werden wie ein ... Augapfeldingens. Freiburg ist die grünste Stadt Deutschlands. Die hätten die Filiale auch gerne gehabt. Die sind alle ausgetickt, als wir uns für Frankfurt entschieden haben als erste Filialstadt. Freiburg ist noch wichtiger für uns als Hamburg oder Berlin, obwohl die auch nach Filialen schreien. Die Berliner Dingenskirchengruppe ist die aggressivste von allen, die machen richtig mobil gegen uns hier in Frankfurt. Meinste die finden das toll, dass wir dich angestellt haben, anstatt das Geld in den Aufbau des Filialnetzes zu stecken. Meinste die sind begeistert darüber, dass wir jeden Monat zweitausend Euro in die Kindertagesstätte hier pusten, anstatt endlich 'ne Berliner Filiale zu eröffnen. Ich hoffe, du kannst wenigstens bei der Spezialaktion ›Taten statt Worte‹ punkten! Ist ja in ein paar Tagen so weit, ne. Du musst langsam mal verstehen, worum es hier geht, Marc!«

Sie bellt noch, dass sie die Organisation des TRÖG in kürzester Zeit erledigt haben wolle, und verlässt schnaubend den Raum, ohne richtig Tschüss zu sagen.

Später erhalte ich dann noch eine E-Mail von ihr, samt angehängtem Dokument mit dem Titel *Tagesordnung TRÖG* und dem Text

> Habe ich lieber mal selber gemacht. Habe ja sonst nichts zu tun! Ich bleibe morgen zu Hause, habe starke Menstruationsbeschwerden! Almut

Das überrascht mich ja nun doch. Ich will schon antworten:

> Das hätte ich nicht gedacht, dass Du noch Deine Menstruation hast, vielen Dank auch für diese interessante Information. Marc

Ich lasse es dann aber bleiben, auch weil bereits die nächste Mail eintrudelt (ich sag doch, es ist die Hölle!), diesmal von meinem Oberboss Arnulf.

Hai Marc. Almut hat starke Menstruationsbeschwerden und kann mich morgen früh nicht nach Freiburg begleiten. Da wir unbedingt auch Dein Know-how über die wichtigsten regionalen Ökologie-Gruppen verbessern müssen, möchte ich, dass Du mitkommst, zwecks Assistenz und Protokollierung. Kurz inhaltlich: Wir haben bei Freiburg ein im Bau befindliches Ökodorf finanziert, das »Ökovillage«. Es ist eines unserer größten Engagements. Der Bauträger will jetzt eine erhebliche Anhebung der bereits ausbezahlten Kreditsumme, muss mich vor Ort selber informieren. So weit. LG Arnulf

PS: Dann lernst Du auch mal den Eberhart von der Freiburger Gruppe kennen, der hat das ganze Geschäft angeleiert.

Bis zum Abend habe ich dann wenigstens schon mal den Veranstaltungsraum gebucht.

Da ich nun mit einem Mal so viel parallel zu erledigen habe wie James Bond am Ende seiner Filme, hole ich kurzerhand meinen ohnehin arbeitslosen Freund Raphael mit ins Boot.

Er freut sich wie verrückt, endlich im Bereich *Eventmanagement* tätig werden zu können, und sichert mir volle Einsatzbereitschaft zu.

Im Laufe des Nachmittags hat er sich bereits entsprechende Visitenkarten gedruckt und eine Internetseite *Raphael-Eventmanagement.com* eingerichtet. Per E-Mail unterrichtet er mich über den Stand der Dinge:

Hallo Marc. Nach einer aufwendigen Internetrecherche und vielen Telefonaten musste ich feststellen, dass im näheren

Einzugsgebiet sämtliche auch nur ansatzweise ökologisch angehauchten Veranstaltungszentren auf Wochen hinaus ausgebucht sind, sodass im Grunde nur das *Ökohouse-Kult-Tour-Zentrum* in Frankfurt übrig bleibt.

Ich kenne das *Ökohouse-Kult-Tour-Zentrum*. Es ist ein großer Betonbau im Frankfurter Westend, an dem sich ein paar Efeupflanzen emporranken, was auch der einzige Grund dafür ist, dass es sich *Ökohouse-Kult-Tour-Zentrum* nennt und nicht *Hässliches-Betonblock-Zentrum*. Des Weiteren schreibt Raphael:

Von den drei Seminarräumen ist nur noch einer frei, immerhin der größte und außerdem recht günstig. Der Hausmeister Herr Yilzgür ist sehr nett, auch wenn er nicht besonders gut Deutsch spricht. Ruf den doch einfach mal an! Elektronische Visitenkarte anbei. Gruß. Raphael

PS: Denk bitte daran, dass Du Dir für die nächste Bandprobe endlich den Text von »Stairway to Heaven« draufschaffen wolltest, falls Du endlich mal wieder zur Bandprobe erscheinen solltest, du treulose Tomate ;-)

Der Hausmeister spricht wirklich fast kein Wort Deutsch und hat zudem eine Hasenscharte, jedenfalls hört es sich am Telefon so an.

Immerzu faselt er etwas von »Fandalimschäd!« und »Deckapuut!«.

»Ich habe Sie nicht genau verstanden!«

»Fandalimschäd! Billisch! Wege Deckapuut!«

Im Laufe des Telefonats bekomme ich irgendwann heraus, dass der Veranstaltungsraum deshalb so günstig ist, weil er sich aufgrund von Vandalismusschäden und einer defekten Decke nicht in neuwertigem Zustand befindet.

Umso besser, denke ich mir. Gerade bei diesen Ökoheinis gibt es ja nichts Schlimmeres als rausgeputzte Designergebäude aus Edelstahl und Plexiglas.

Auch die Organisation der Verpflegung verläuft relativ problemlos, ich kümmere mich persönlich darum. Allerdings will ich hier keine Kompromisse eingehen, und so wähle ich aus den gelben Seiten einen Cateringservice aus, Jacques' Schlemmer Service.

Jacques ist persönlich am Apparat und ganz begeistert und er versichert mir mit leicht französischem Akzent, dass alles zu meiner hundertprozentigen Zufriedenheit verlaufen werde.

»Natürlichä, jawohl Monsieur, alles ökolögischä, zweihündertfünfzischä Portionä, sehr schönä.«

Ausflug nach Freiburg

Ich sitze vollkommen übermüdet mit Arnulf im Zug nach Freiburg.

Thomas-Max hat die ganze Nacht gebrüllt wie am Spieß (der hilflose kleine Kerl hat vermutlich Blähungen, und ich muss mir ständig saublöde Ganz-der-Vater-Sprüche anhören), und am Morgen bin ich noch schnell ins Büro gehetzt, um zumindest schon einmal den Seriendruck der Einladungen zum TRÖG zu starten. Obwohl natürlich selbst die technikfeindlichsten Mitglieder der regionalen Ökologie-Gruppen über Computer und E-Mail-Adressen verfügen, besteht Almut darauf, dass bei den Einladungen auf die vollkommen veraltete Methode des Briefverkehrs zurückgegriffen wird.

Während der Drucker Blatt um Blatt baumvernichtendes Papier einzieht und mit ozonschädigendem Toner bespritzt, der dann energieaufwendig in den Briefbogen eingebrannt wird, stolpere ich bereits wieder die Treppe hinunter und renne Richtung Frankfurter Hauptbahnhof.

Zu Beginn unserer Zugfahrt ist Arnulf nicht sehr gesprächig, pult sich nur wieder einmal mit einem eigens hierfür spitz zugedrehten Stück Pappe im linken Ohr herum, macht dabei leicht stöhnende Geräusche und verzieht das Gesicht. Die gelblich-eitrigen Ergebnisse seiner Aktion streift er in regelmäßigen Abständen an einem auf seinem Schoß liegenden Papiertaschentuch ab, dabei würdigt er mich keines Blickes. Wahrscheinlich hat ihn Almut über mein angebliches Versagen hinsichtlich der Organisation des Zusammentreffens der Ökozombies (wie ich das TRÖG mittlerweile heimlich nenne) informiert.

Aber als wir Mannheim hinter uns gelassen haben, der brandneue ICE mit einer atemberaubenden Geschwindigkeit von bestimmt locker achtzig Stundenkilometern gen Süden rast und die schwächlichen Sonnenstrahlen des frühen Novembers in unser kleines Abteil scheinen, taut er etwas auf.

Anlass seines Redeschwalls ist zunächst allerdings eine unerlaubte Handlung meinerseits, ich habe nämlich eine leere Dose koffeinhaltiger Limonade und eine Bananenschale in den aufklappbaren Müllbehälter des Abteils gestopft.

Arnulf, der gerade in die Lektüre des Quartalsberichts der Innenrevision der AMÖB vertieft ist und hierbei bereits mehrfach vernehmlich geseufzt hat, blickt mich an und quäkt entsetzt »Na, du bist ja lustig!«.

Gleichzeitig holt er aus seiner Reisetasche zwei Jutesäcke hervor (in den einen hatte er kurz zuvor unter meinen verwirrten Blicken bereits einige Pflaumenkerne gespuckt), kramt in dem verdreckten Müllbehälter nach meinen Abfällen und steckt zunächst die Coladose in den einen, dann die Bananenschale in den bereits mit Pflaumenkernen vollgespuckten Sack. Dabei sieht er mich an, als sei ich das größte Arschloch der Welt und ganz alleine für das Ozonloch verantwortlich.

»Alu und Organisch zusammen! Gibt's doch gar nicht!«, murmelt er noch recht kryptisch.

Ich habe in den letzten vier Wochen bereits mehrfach feststellen können, dass die von Arnulf zum Besten gegebenen Geschichten bis zur Unerträglichkeit langweilig sind.

Sein nun folgender Exkurs zum Thema Mülltrennung glänzt allerdings nicht nur durch den nicht vorhandenen Spannungsbogen, sondern vor allen Dingen durch den unerträglich naiven Glauben an das Gute im Menschen. Sprich: Arnulf ist in Sachen Mülltrennung vollkommen falsch informiert.

Und ohne besserwisserisch wirken zu wollen: Ich bin absolut richtig informiert, auf dem neuesten Stand der Dinge sozusagen, denn mein Freund Raphael hat bisher einen einzigen Aushilfsjob gehabt, nämlich im letzten Sommer bei der Hessischen Müllverwertungsgesellschaft, allgemein bekannt als HMVWG.

Raphael hatte sich als Lastwageneinweiser betätigt. Ein im Grunde entbehrlicher Job, da die Lastwagenfahrer ihn meist nicht beachteten und vollkommen selbstständig ihre mit Müll beladenen Kipplaster durch das riesige Einfahrtstor rückwärts an das riesige Förderband manövrierten, während Raphael im Blaumann und mit gelbem Schutzhelm daneben stand und unbeachtete Handbewegungen machte.

Und so kam ein Lastwagen nach dem anderen, der eine beladen mit Glas, der nächste beladen mit Papier, der übernächste mit Sperrmüll oder Metall, und jeder kippte seine spezielle und von Menschen wie Arnulf fein säuberlich getrennte Ladung einfach mit einem Riesenkrach auf das Förderband, und dieses transportierte den ganzen Müll in einen riesigen Ofen in dem alles zusammen bei tausend Grad verbrannt wurde.

Und wenn wirklich einmal richtig viel los war, sich quasi schon eine Müllkipplasterschlange vor den Toren der HMVWG gebildet hatte, dann wurden die Lastwagen halt nach Rumänien oder nach Polen geschickt, wo der ganze Müll ohnehin einfach in die Pampa gekippt wird.

Zum Glück habe ich mir zu Beginn der Fahrt zumindest einen Kopfhörer meines vollgepackten MP3-Players ins linke Ohr geschoben und während Arnulfs mit hochrotem Kopf vorgetragenem Exkurs über die unentbehrliche Mülltrennung heimlich den Zufallsknopf gedrückt, sodass ich wenigstens linksseitig monophon ein wenig Musik hören kann.

Gerade als die letzten Akkorde von Jimi Hendrix' *Castles made of sand* verklingen, ist Arnulf fertig und sieht mich fragend an, und ich nicke beipflichtend.

»Hier. Lies das mal durch, damit du weißt, was das *Ökovillage* ist, wenn wir gleich ankommen.« Er kramt aus seiner Tasche einige Unterlagen hervor und reicht mir ein aufwendig gestaltetes und bebildertes Hochglanzexposé mit dem Titel »Ökovillage. Visionäres Wohnen im Einklang mit der Natur, der Seele, der Welt.«

Das *Ökovillage* ist ein Bauprojekt vor den Toren von Freiburg.

Ein komplettes Neubaugebiet, bestehend aus knapp hundertzwanzig Ein- und Mehrfamilienhäusern, alle nach modernsten ökologischen Maßstäben geplant, ein völlig autarkes Dorf für bis zu achthundert Einwohner. Die Schlagworte der wuchtigen Textpassagen sind Niedrigenergiehäuser, biologisches Dämmmaterial, Solaranlagen, autofrei, Selbstversorgung, alternativer Markt, integrierter Biobauernhof, eigene Windkraftanlage, alternativer Buchladen, Therapiezentrum.

Auf verschiedenen handgemalten Bildern sind Kinder und Fahrradfahrer zu sehen, die vor bunten, von Grün umwucherten Holzhäusern spielen und lachen. Überall wachsen riesige Bäume, und alle Menschen haben möglichst unterschiedliche Hautfarben und stehen trotzdem zusammen in kleinen Grüppchen und sind einfach super drauf.

Ich frage mich, ob in diesem neuen Stadtteil tatsächlich alle immer nur lachen werden. Es wird doch bestimmt auch hier kleinere Unannehmlichkeiten oder sogar Unfälle geben. Es müssen ja nicht gleich die Probleme anderer Stadtviertel sein wie zum Beispiel Vergewaltigungen, Ausländerhass und Luftverschmutzung. Aber durchaus vorstellbar wäre doch beispielsweise, dass ein Kind von einem Fahrrad angefahren und sogar einige Meter mitgeschleift wird. Da wäre doch auch im *Ökovillage* bestimmt Schluss mit lustig!

Nun, im Exposé ist hiervon jedenfalls nichts zu sehen.

Auf der zweiten Seite ist ein gezeichneter Lageplan des gesamten Areals nach Fertigstellung abgebildet. Die Planer haben ganze Arbeit geleistet, denn von oben aus der Vogelperspektive betrachtet, gleicht das *Ökovillage* tatsächlich einem riesigen Yin-und-Yang-Zeichen. Außen herum soll der kreisrunde Friedensreich-Hundertwasser-Ring führen, die einzige kurzzeitig für Autos befahrbare Straße. Durch die Mitte des Kreises schlängelt sich die Kurt-Tucholsky-Allee und zwei kreisrunde Teiche links und rechts davon vervollständigen das Symbol der Ausgeglichenheit aller Dinge.

Hat nicht schon einmal jemand versucht, Städte aus der Luft betrachtet wie ein gewisses Symbol aussehen zu lassen? Ich muss überlegen, soweit ich mich erinnere, ist das auch in Deutschland gewesen. Wer war das noch gleich? Egal. Ich komme nicht drauf, es ist wohl zu lange her, und außerdem müssen wir aussteigen. Wir sind in Freiburg.

Auf dem Bahnsteig werden wir bereits von Eberhart erwartet, einem etwa fünfzigjährigen Mann, der auf dem Kopf eine Art gestrickte Badekappe und im Gesicht einen gezwirbelten Schnauzbart trägt. Arnulf und Eberhart begrüßen sich endlos, umarmen sich und klopfen sich gegenseitig mit den flachen Händen auf den Rücken, wie Kriegsveteranen, die gemeinsame Schlachten durchlebt haben und von diesen gezeichnet sind. Die Begrüßung hat nichts Fröhliches, und ich stehe daneben wie ein teilnahmsloser Gast auf einer familiären Trauerfeier. Immer noch eng umschlungen, seufzen sich die beiden genuschelte Floskeln ins Ohr, den Anfang macht Arnulf mit einem »Und?«.
»Na ja. Muss ja!«
»Schlimm?«
»Och. Na ja.«
»Na komm. Wir schauen uns das mal an.«
»Na ja.«
Und so weiter.
Ich überlege gerade, ob ich mir zwischenzeitlich an einer der Imbissbuden eine Bockwurst holen soll, als mich Eberhart endlich bemerkt und dabei mit gelblichen Fingern ungeschickt eine noch gelblichere Zigarette aus einem *Gitanes-Maïs*-Päckchen fingert.

Eberhart hat bereits zwei kleine Schlaganfälle überlebt, wodurch seine rechte Körperhälfte vollkommen versteift ist. Dies erklärt das leicht Marionettenhafte seiner Bewegungen. Seine Fortbewegung hat nicht viel mit Laufen zu tun, sondern ist eher ein stechschrittartiges Rucken. Dennoch lässt es sich Eberhart nicht nehmen, beim Deuten auf Dinge, wie zum Beispiel die große Bahnhofsuhr, fast ausschließlich seinen steifen rechten Arm zu benutzen, sodass er im Grunde – zumindest aus der Ferne betrachtet – ständig den Hitlergruß macht.

Dementsprechend froh bin ich, als wir endlich in Eberharts klapprigem Peugeot 106 sitzen und rausfahren zum *Ökovillage*, wobei Eberharts Fahrstil seiner unmotorisierten Fortbewegungsweise in nichts nachsteht.

Das *Ökovillage* befindet sich in tiefster Rohbauphase. Der Anblick erinnert mich an die Besichtigung meiner eigenen Immobilie einige Wochen zuvor. Betonwände stehen kahl im feuchten Untergrund, nur die rechteckigen Öffnungen für die Fenster lassen Hauswände erahnen. Gräben sind ausgehoben, die Abflussrohre daneben abgelegt. Vereinzelt stehen rostige Kräne herum.

Aus dem Führerhaus eines gelben Baggers wächst eine kleine Birke. Wir laufen langsam die zukünftige Kurt-Tucholsky-Allee entlang.

Es ist kein Mensch zu sehen.

»Ach Gottchen, ach Gottchen!«, raunt Arnulf und hält sich eine Hand vor seine gelbe Plastikbrille.

»Sag ich doch!«, pflichtet Eberhart ihm bei.

»Gottchen! Gottchen! Gottchen! Das ist ja ...«

»Ich hab's dir doch gesagt!«, betont Eberhart abermals.

Arnulf dreht sich ungläubig nach links, dann nach rechts, und dann blickt er mich an.

Ich mache ganz schnell ein schockiertes Ich-glaub-das-nicht-ist-ja-nicht-zu-fassen-Gesicht und schüttle verständnislos den Kopf.

»Wie lange wird denn schon nicht mehr gebaut?«, will er wissen.

»Na, so gut vier Wochen sind's jetzt bestimmt. Zuerst sind die Zulieferbetriebe nicht bezahlt worden, dann die Bauarbeiter, und dann war halt Schluss, hab's dir ja am Telefon schon erzählt. Ist einfach kein Geld mehr da«, erklärt Eberhart.

Kurze Zeit später kommt ein selbstsicher wirkender Vertreter der Bauträgerfirma *Ökovillage GmbH* hinzu, der sogar einen Anzug samt Krawatte trägt. Man spricht erstaunlich kurz über die Anhebung und Verlängerung des von der AMÖB gewährten Darlehens, und er überreicht Arnulf diverse Unterlagen und Kuverts. Ich kann dieses Gespräch allerdings nur rudimentär verfolgen, da ich zu diesem Zeitpunkt gerade versuche, einen der großen Schaufelbagger in Gang zu kriegen. Es steckt tatsächlich der Schlüssel, doch leider erstirbt nach einigen hoffnungsvollen Zündungsversuchen die Batterie.

Auf dem Rückweg nach Frankfurt spricht Arnulf kein einziges Wort, starrt nur wie unter Drogen aus dem Fenster, und sein Blick flackert im Takt der vorbeirauschenden Welt. Ab und an macht er sich eine kryptische Notiz und legt seufzend den Kopf in den Nacken.

»Sieht nicht so gut aus, oder?«, sage ich und versuche somit, ein kleines Gespräch in Gang zu bringen.

Arnulf atmet lange und vernehmlich durch die Nase ein, gerade so, als würde ich ihn unendlich nerven.

»Das sieht ja wohl ein Blinder mit Krückstock, dass das nicht besonders gut aussieht«, sagt er nach einer Weile und stiert dabei weiter unbeirrt aus dem Fenster. Offensichtlich sollte ich das Thema wechseln.

»Und? Schon was vor am Wochenende?«, frage ich daher mit möglichst aufmunternder Stimme.

Wieder höre ich Arnulf einatmen, und jetzt schüttelt er sogar leicht den Kopf. Doch dann kann ich förmlich sehen, wie der Funke eines Gedankens seine Augen erhellt. Ein winziges Lächeln huscht über sein Gesicht, und als er antwortet, blickt er mich sogar an. »Ich hab' Karten für *Starlight Express*. Das Musical, weißte? Ich bin ein riesiger Musical-Fan! Magst du Musicals?«

»Und ob!«, höre ich mich jetzt sagen. »Ich liebe Musicals!«

»Wirklich?« Arnulfs Augen leuchten, als er fortfährt »Am tollsten finde ich *Das Phantom der Oper*, wie dort die alte Bonnie-Tyler-Melodie immer wieder aufgegriffen und variiert wird, voll knorke!«

»Wirklich genial!«, pflichte ich ihm bei, und nun starre ich aus dem Fenster, hoffe, dass das Gespräch vorbei ist, sage sogar laut »Aldi!«, nur weil wir an einem *Aldi* vorbeirauschen, doch Arnulf ist nicht mehr zu bremsen.

»Oder *Miss Saigon*!«, schwärmt er. »Ist das nicht fantastisch, wie Lady Butterfly, also Kim, vor der amerikanischen Botschaft steht, und ...«

Ich muss unbedingt raus aus dem Thema. Ich hasse Musicals und ich habe keine Ahnung davon, und es macht mich wahnsinnig, daher sage ich jetzt: »Na ja. So weit, so gut. Aber wegen vorhin wollte ich noch mal was sagen, wegen der Geschichte mit der Mülltrennung. Also, mein bester Freund hat mal bei der Hessischen Müllverwertungsgesellschaft gearbeitet. Das wird dich bestimmt interessieren, wie das da zugeht...«

Taten statt Worte

Nachmittags hat Montavi mich endlich über die Einzelheiten informiert, in einer geheimen Sitzung mit Almut und Ole. Ole hatte zwischendurch wieder angefangen zu weinen, weil seine Frau nun doch nicht in ein Kloster im klassischen Sinne will, sondern eher in eine Art Sekte eingetreten und mit dem Sektenführer zusammen ist.

Almut ermahnt ihn im Angesicht der bevorstehenden Maßnahme zu geistiger Stärke.

Nach der Besprechung, während derer Almut nochmals erwähnt, wie bescheiden meine sonstigen Arbeitsleistungen bis jetzt zu bewerten sind, bin ich für einige Stunden zu keinerlei geistiger oder körperlicher Regung fähig. Ich kann nicht glauben, was ich gerade gehört habe. Kann nicht glauben, was in dieser Nacht von mir erwartet wird.

Nicht einmal das Fernsehprogramm in meinem Computer interessiert mich. Vielmehr sitze ich an meinem Arbeitsplatz und starre wie in Trance aus dem Fenster in den Hinterhof. Blicke auf die tennisplatzgroße Fläche verschlissener Dachpappe des angrenzenden Gebäudes, einem Treffpunkt einer muslimischen Glaubensgemeinschaft, und beobachte die Tauben, die dieses Dach ebenfalls als Treffpunkt (und natürlich als Toilette) nutzen. Ich beobachte die Tiere seit meinem ersten Arbeitstag, empfinde die gurrenden Geschöpfe immer als beruhigend, beobachte sie gerne und manchmal fast schon stumpfsinnig lange. Aber erst heute fällt mir auf, dass Tauben sich eigentlich ununterbrochen paaren. Ständig flocken kleine weiße Federn, abgerissen im heftigen Liebesakt, aus der wogenden Masse empor.

Und mit einem Mal wird mir klar, wie kläglich die städtische Taubenvertreibungspolitik doch scheitern wird. Scheitern muss! Durch das Anbringen von Taubenstacheldraht an jeder freien Stelle, von jedem Denkmalsockel bis zu jedem Fenstersims, werden die Tauben gezwungen, sich auf großen Flächen zu sammeln, und dort kommt es dann zu diesen ungezügelten Sexualkontakten.

Hoffentlich ist dieses jämmerliche Versagen der für die Vertreibung der Tauben zuständigen Behörden kein Vorzeichen. Hoffentlich ist es kein böses Omen. Auf die bevorstehende Nacht.

Um Punkt drei Uhr nachts verlasse ich wie vereinbart mein Haus und steige in den unscheinbaren weißen Lieferwagen, der am Ende des noch immer unbefestigten Weges vor unserer Reihenhausreihe steht. Ole sitzt am Steuer (einige seiner Fusselhaare werden von der Fahrzeugdecke statisch angezogen), nuschelt ein »Alles klar?« und trommelt nervös mit den Fingern auf dem Lenkrad herum. Montavi sitzt auf dem Beifahrersitz und blickt regungslos vor sich in den Fußraum, wahrscheinlich meditiert er. Sofort sticht mir ein unglaublich intensiver Fischgeruch in die Nase (ich muss ein bisschen würgen), doch Montavi dreht sich nur um, reicht mir schwarze Handschuhe und sagt emotionslos: »Du gewöhnst dich dran!«, dann fahren wir los.

Die Frankfurter Innenstadt wirkt wie ausgestorben um diese Uhrzeit. Plastiktüten wehen durch die Straßen, vereinzelt sind Menschen auf dem Nachhauseweg oder drücken sich in dunklen Hauseingängen Spritzen in die Arme. In einer Seitenstraße halten wir an, einige Meter entfernt vom Eingang des Zielobjektes.

Das *Löwenpalais* ist ein prunkvolles Varieté-Theater in der Altstadt. Klein. Exklusiv. Teuer.

Zwei Shows pro Abend. Neunzehn und zweiundzwanzig Uhr. Kein Ruhetag.

Die Gäste können während der zweistündigen Vorstellung ein von renommierten Spitzenköchen zubereitetes Viergängemenü einnehmen und werden mit exquisiten Weinen und Champagner verwöhnt, und das Theater rühmt sich, einen internationalen Spitzenruf zu haben.

Zuletzt ist das *Löwenpalais* allerdings anderweitig in

die Schlagzeilen geraten. Gerüchte ranken sich um das Haus, von schlecht bezahlten Künstlern, ausbeuterischem Verhalten gegenüber den Angestellten, bis hin zu Gammelfleisch in der Küche und Geldwäschegeschäften für die Halb- und Unterwelt. Besonders verwerflich erscheint der aktiven Ökologiebewegung allerdings die völlig unartgemäße Haltung der in der Vorstellung auftretenden Vierbeiner, Reptilien und Vögel. Aufgedeckt wurden die angeblichen Tierquälereien wie immer vom wichtigsten Propagandablatt der linken Szene, der Monatszeitschrift *Ökorrekt*.

Nicht ohne Stolz hält die AMÖB eine Teilhaberschaft von fünfunddreißig Prozent an der *Ökorrekt*, und bisher fußten auch alle durchgeführten Spezialaktionen auf den anprangernden Artikeln des Blattes.

»Reich mal den Fisch nach vorne!«, flüstert Montavi über seine linke Schulter und meint offensichtlich mich. Ich greife nach dem riesigen Eimer mit Heringen, der neben mir auf dem Boden steht, und hieve das enorm schwere Gefäß zwischen Ole und Montavi, und beide fangen an, den toten Fischen Tabletten in die Mäuler zu stopfen. Ich schaue dem Treiben leicht konsterniert zu, da hält mir Montavi eine weitere Krankenhauspackung Tabletten hin und zischt: »Na los! Wir sind nicht zum Spaß hier!«

»Was sind denn das für Tabletten?«, will ich wissen, während ich versuche, einem glitschigen Fisch zwei Dutzend Pillen in den Magen zu drücken.

»*Tovor*, *Lexotanel* und *Vivomox*. Auch bekannt als Scheißegalpillen. Sind gut zum Einschlafen und bei

Angstzuständen. Hatte ich noch von meinem letzten depressiven Schub zu Hause«, klärt mich Montavi auf und kurz darauf zwängen wir uns samt Eimer, Taschenlampe, Lageplan, Metallkneifzange und aufklappbarer Aluminiumleiter durch einen schmalen feuchten Gang zwischen dem *Löwenpalais* und dem Nebengebäude.

»Hier muss es sein!«, flüstert Ole und zeigt nach oben. Wir haben das Hauptgebäude hinter uns gelassen und stehen bereits schwer atmend vor einer gut vier Meter hohen Backsteinmauer, die den Hinterhof des Theaters eingrenzt.

Mit viel zu lauten, knackenden Metallgeräuschen klappen wir die Leiter auf, und nachdem wir kurz in die weiterhin stille Nacht gelauscht haben, steigen wir nach oben. Ich klettere als Letzter (der Fischeimer ist so schwer, dass ich einen Krampf im Hals bekomme!). »Und was jetzt?«, frage ich gepresst, als wir alle oben sind.

Kurzes Schweigen.

Zum ersten Mal in dieser Nacht frage ich mich, ob der Plan vollkommen ausgereift ist.

Montavi hat sich schnell wieder gesammelt und zischelt leise, dass wir uns alle rittlings auf die Mauer setzen, dann die Leiter nach oben ziehen und auf der anderen Seite wieder herunterlassen sollen. Nach einem zirkusreifen Balanceakt unter Beteiligung dreier zappelnder Laienartisten, eines stinkenden Eimers voller nach ihrem Ableben mit Antidepressiva behandelter Fische und einer viel zu langen und ständig ans Mauerwerk schlagenden Leiter stehen wir kurz darauf tatsächlich unverletzt im Hinterhof des Theaters.

Montavi schaltet die Taschenlampe ein, und wir blicken in die ängstlich glänzenden Augen des Seehundes, der in einem wirklich nicht sehr großen Käfig sitzt. Immerhin ist ein winziges Wasserbassin integriert.

Ole macht sich sofort mit der Zange an den dünnen Metallstäben des Käfigs zu schaffen, und das Tier kommt freudig erregt und lautstark kläffend nach vorne gehoppelt, als es der Fische gewahr wird, die Montavi mit hektischen Bewegungen durch das Gitter drückt und dabei keucht: »Ruhig! Ruhig, du Rindviech! Bist du wohl still!«

Endlos stopfen wir Fisch in den Käfig, der gierig und leider von lautstarken Fressgeräuschen begleitet verschlungen wird, bis endlich erste Ermüdungserscheinungen auftreten, dem Tier langsam die Augen zuklappen und es nach einem letzten großen Hering einfach im Käfig zusammenbricht.

»Ist er tot?«, frage ich, erhalte aber keine Antwort, da meine beiden Begleiter offensichtlich Ähnliches befürchten und angespannt in den Käfig lauschen. Minuten vergehen.

Immer wieder blicken wir uns mit gesenkten Köpfen an, langsam verfestigt sich die Vorahnung zur Gewissheit. Haben wir es übertrieben? Ich kaue voller Selbstvorwürfe an meinen fischigen Handschuhen (eigentlich wollte ich Fingernägel kauen), Montavi stößt esoterische Kurzgebete in den nächtlichen Himmel, und Ole schüttelt ungläubig seinen dünnen Haarkranz. Wir sitzen mittlerweile alle auf dem Boden vor dem Käfig – geschlagene Verlierer, gezeichnete Versager – als uns ein kleines Wimmern aufhorchen lässt und dann: Endlich! Ein lautes Schnauben im Käfig, ein verzweifeltes Luftholen begleitet von einem kurzen Zucken der Schwanzflosse bringt die ersehnte Erlösung.

Kurze Zeit später ist das Gitter endgültig beseitigt, und der narkotisierte Seehund liegt vollgefressen, tief schlafend und regelmäßig atmend vor uns. Leicht panisch müssen wir feststellen, dass das Tier enorm schwer ist, sodass die Trageriemen der zum Abtransport mitgebrachten knallgelben IKEA-Riesentragetasche sofort abreißen. Außerdem ist das Tier wahnsinnig glitschig. Mehrmals entgleitet er unseren Händen und knallt auf den Betonboden, wobei er jedes Mal unzufrieden grunzt und kurz die Augen öffnet. Nach mehreren skurrilen Versuchen (Montavi wollte sich die Robbe von uns auf den Rücken binden lassen) haben wir die optimale Transportposition herausgefunden. Der Kräftigste von uns (angeblich ich!) muss seine linke Schulter unter die rechte Vorderflosse klemmen, das fremdartige Lebewesen dann mit dem linken Arm umklammern und dabei mit der rechten Hand die linke Vorderflosse als eine Art Haltegriff benutzen.

So geht es die Leiter hinauf.

Nachteil bei dieser Stellung ist neben dem ungeheuren Gewicht des Tieres vor allem sein extremer Mundgeruch.

Oben auf der Mauer folgt dann die gesteigerte Version der bereits auf dem Hinweg vollführten Zirkusnummer, aber irgendwann stehen wir tatsächlich wieder im feuchten Gang zwischen den Gebäuden, schweißgebadet aber im Großen und Ganzen wohlbehalten, und auf dem Boden vor uns liegt ein schnarchender Seehund.

Verglichen mit den vorherigen Anstrengungen ist es ein Kinderspiel, das Tier in den Lieferwagen zu laden und als wir losfahren frage ich, immer noch schwer atmend: »Und was jetzt?«

Ole startet den Motor. Auch Montavi antwortet nicht.

Zum zweiten Mal in dieser Nacht frage ich mich, ob der Plan wirklich vollkommen ausgereift ist.

Sex

Unfassbar! Keine drei Wochen nach der Entbindung will meine Frau wieder Sex mit mir. Ich sitze gerade auf unserer IKEA-Couch und freue mich auf das Achtelfinale der *Stihl Timberland Weltmeisterschaft für Sportholzfäller*, als Nadja in einem vormittags in der Kindertagesstätte der Filiale angefertigten Batikkleid aus der Küche kommt und anfängt, mich anzukuscheln. An die überall im Haus verteilten und vor sich hin stinkenden Räucherstäbchen habe ich mich mittlerweile fast gewöhnt, zumal diese laut Nadjas neuen Freundinnen auch *schlechte Auraströmungen* und *atmosphärische Unruhen* ausgleichen können.

Nun bemerke ich jedoch, dass Nadja zusätzlich einige

Kerzen angezündet hat, was bei jeder Frau auf dieser Welt ein eindeutiges Zeichen gesteigerter Paarungsbereitschaft ist.

»Ganz schön lange her, Schatz«, gurrt sie in mein Ohr und nestelt dabei bereits an meinem Reißverschluss herum.

»So richtig dolle geht noch nicht, aber vielleicht so ein bisschen.«

Als sich Minuten später bei mir noch immer nichts rühren will, beendet Nadja die verzweifelt nickenden Kopfbewegungen und blickt mir ein wenig verunsichert in die Augen.

»Waff iff dn loff mt Brr, Fapf?«, fragt sie.

»Wie bitte?«

Sie erhebt sich ein wenig und wiederholt ihre Frage: »Was ist denn los mit dir, Schatz?«

Ich blicke in ihre vom vielen Pressen nach wie vor blutunterlaufenen Augen, sehe die vom Schlafentzug grauen Tränensäcke, das ausladende Hinterteil unter ihrem Batikkleid, das schüttere, strohige Haar, die feisten Waden, die in Gesundheitsschuhen steckenden Füße, und dann sage ich: »Schatz! Ich ... ich bin impotent.«

Bevor hierüber eine Diskussion entbrennen kann, kommt die Rettung aus dem zweiten Stockwerk. Thomas-Max ist aufgewacht und nimmt die irgendwo in seinem Inneren eingebaute Kreissäge in Betrieb. Nadja kommt ächzend auf ihre Füße und verschwindet in Richtung Treppenhaus.

»Ich geh das Baby füttern«, sagt sie, und im gleichen Moment erschüttert ein weiteres gellendes Geräusch die dünnen Betonmauern unseres Eigenheims. Ein bellendes, grunzendes, wütendes Heulen ertönt aus dem Untergeschoss.

»Ich geh den Seehund füttern«, sage ich nur und eile mit einer Familienpackung Fischstäbchen und der Großpackung *Tovor* nach unten.

Richtig geraten.

Nachdem wir den befreiten Seehund in den Transporter geladen und den Ort des Geschehens verlassen hatten, eröffnete mir Ole, dass die Unterbringung des Tieres »im privaten Rahmen« stattfinden solle. Auch Almut bevorzuge diese Lösung und habe an meine ohnehin überflutete Garage gedacht, die doch quasi paradiesische Bedingungen für unseren kleinen Freund bieten würde, außerdem sei dies die sicherste Lösung, natürlich nur vorübergehend. Und so sind wir zu mir gefahren und haben den Seehund – dem Montavi und Ole während der kurzen Fahrt den überaus einfallsreichen Namen *Robbi* gaben – in meiner nassen Garage auf einen Stapel Winterreifen gewuchtet. Er schlief noch bis zum nächsten Nachmittag durch, und seitdem füttere ich ihn mit Fischstäbchen, in die ich *Tovor*-, *Lexotanel*- und *Vivomox*-Pillen hineindrücke. Meistens schläft das Tier, aber wenn es nicht schläft, ist es extrem laut und muss schnellstens wieder zur Ruhe gebracht werden. Robbi ist erstaunlich zutraulich, freut sich jedes Mal, wenn er mich sieht und stürzt sich hungrig bellend von seinem Reifenstapel in die Fluten, um zu mir zu robben und seinen Fisch zu bekommen. Während ich ihm nun seine Fischstäbchen ins Maul werfe und dabei »Mein guter Robbi, ja, bist ein feiner Robbi« flüstere, überkommt mich eine ungeheure Traurigkeit ob der Vergänglichkeit aller Dinge.

Muss denn wirklich alles Gute und Schöne immer irgendwann ein Ende haben?

Was ist da gerade geschehen, in meinem drei Meter breiten Wohnzimmer?

Früher wäre mir das nicht passiert. Früher bin ich mit meiner wundervollen, wunderschönen und witzigen Freundin Nadja, der schönsten Frau der Stadt, ins Feld gefahren, bis ganz nach oben an den Waldrand, und wir haben erst kurz in die Sterne geschaut und dann wild im Auto herumgeknutscht, bis Nadja irgendwann unweigerlich über mich hergefallen ist und mich mit ihrem weichen Mund verwöhnt hat. Fast jedes Mal presste ich kurz vor Schluss noch »pass auf die Sitze auf« oder zauberte in David-Copperfield-Manier ein Handtuch vom Rücksitz hervor, schließlich war es das Auto meiner Eltern. Es war herrlich! Allerdings nur genau bis zu diesem Moment, denn gleich darauf war ich immer vollkommen nüchtern und wollte am liebsten sofort wieder wegfahren, zurück in die Stadt, idealerweise in die Kneipe, in der meine Kumpels gerade beim Darten waren. Dies mag egoistisch erscheinen, ist jedoch eine absolut natürliche Reaktion, denn kurz nach dem Orgasmus empfindet jeder Mann seine Ejakulation als ziemlich peinlich und unnötig und Sex immer als reine Zeitverschwendung. Die größte Pein für jeden Mann nach dem Orgasmus ist allerdings das vom weiblichen Geschlecht eingeforderte *Schmusen* oder sogar die Forderung nach ausgleichenden sexuellen Maßnahmen.

Aber genau dies forderte Nadja jedes Mal ein, und fast jedes Mal kam es deswegen zum Streit. Wie soll das denn bitte gehen? Die orale Befriedigung der Frau durch den Mann in einem Auto? Nicht nur emotional (wie gesagt, ich hatte ja gerade einen Orgasmus gehabt), nein, auch rein anatomisch und technisch tun sich hier doch Probleme auf, die geradezu unlösbar erscheinen. Hätte ich mich etwa nach rechts unten krümmen sollen, das Lenkrad in die Rippen gepresst, mit einer selbst für Power-Yoga-Lehrer nicht möglichen Rückgratverbiegung, den Knüppel der Handbremse in den Bauch gedrückt? Oder sollte ich mich besser vor sie in den Fußraum quetschen, während sie ihre Füße an die Windschutzscheibe presst? Oder mich eventuell in den Matsch neben der Beifahrertür knien? Erschwerend kommt hinzu, dass Frauen heutzutage fast nur noch Hosen tragen und man diese vollständig ausziehen muss, um überhaupt eine Wirkung erzielen zu können. Das nimmt Zeit in Anspruch und sieht einfach nicht gut aus, wenn überraschend jemand vorbeikommt, ein nächtlicher Wanderer beispielsweise.

Nun ja, alle meine Argumente nutzten nichts. Nadja war immer ein wenig beleidigt, wenn wir zurück in die Stadt fuhren, vor allem wenn ich ihr vorwarf, sie solle doch nicht »so fickrig« sein, aber irgendwie war dieser Groll meist auch schnell wieder verflogen, und einige Tage später lagen wir doch in ihrem oder meinem Bett, und ich konnte mich nicht auf anatomisch schwer lösbare Probleme berufen, und insgesamt war es eine ganz schön geile Zeit.

Aber wo ist sie hin, diese Zeit? Und was soll das für

ein Leben sein in Zukunft, wenn ich keine Lust mehr auf meine Frau habe? Wenn ich meine Frau bereits wenige Wochen nach der Hochzeit nicht mehr attraktiv finde? Meine Frau, die ich doch lieben und begehren soll, noch viele Jahre lang, bis dass der Tod uns scheidet! Wenn ich irgendwann in ferner Zukunft als Großvater einmal meine Biografie schreibe, welchen Titel wird sie haben?

Vierzig Jahre Wichsen?

Ich blicke apathisch in das brackige Wasser, in dem sich das kalte Licht der Energiesparneonröhre spiegelt. Robbi ist schon fast wieder eingeschlafen, und ich fühle mich mit einem Mal so frustriert, dass ich spontan drei *Lexotanel* schlucke. Kurz darauf sitze ich breit grinsend vor dem Fernseher und betrachte Männer in Holzfällerhemden beim Verrichten ihrer sportlichen Aktivitäten.

Alles nix

Etwa eine Woche nach unserem Ausflug nach Freiburg führen Arnulf und Almut einen kompletten Tag lang Krisengespräche mit angeschlagenen KreditnehmerInnen der Bank und MeinungsmacherInnen der alternativen Szene in ihrem Büro.

Es wird ein absolutes Verbot ausgesprochen, während dieser Gespräche den Raum zu betreten, Telefonate durchzustellen oder anderweitig zu stören. Einzige Ausnahme dieses Dekrets bin ich, denn ich bin als AssistentIn der Geschäftsleitung ganztägig für die Verpflegung mit Speis und Trank sowie für etwaige Sonderdienste auf Zuruf abgestellt.

Almut hat einen ambitionierten Zeitplan aufgestellt, im Stundentakt sollen die Gäste eintrudeln, und pünktlich um zehn Uhr erscheint der Erste. Ich kenne den Mann bereits, es ist der selbstsichere und aalglatte Bevollmächtigte der Bauträgerfirma des Freiburger *Ökovillage*. Er drückt mir seinen Herbstmantel in die Hand und verlangt auf mein Nachfragen hin einen Kaffee. Schwarz, ohne Zucker. So einer ist das. Ein ganz Kerniger.

Der dunkle Anzug und die extrem kurzen Haare lassen einen konservativen Eindruck entstehen, während die hellen Lederschuhe und die pinkfarbene Krawatte wohl ein Ausdruck dafür sind, dass er abends auch ganz schön frech sein kann und in Wirklichkeit ein ganz Kreativer ist. Ein frecher, kerniger, kreativer, adliger Galerist.

Das wäre er gerne gewesen.

Als ich seinen Kaffee ins Zimmer bringe, fragt Mister Schwarz-ohne-Zucker gerade: »... und wie könnten diese schöpferischen Maßnahmen hinsichtlich unserer Buchführung denn aussehen, von denen du da sprichst, Almut? Hast du da konkrete Vorstellungen?«

Arnulf zupft an seinem Ohr und verzieht dabei das Gesicht. Er fühlt sich gerade überhaupt nicht wohl in seiner Haut.

Almut hingegen lässt ihren Blick gelassen durch den Raum schweifen, bevor sie sagt: »Na, da musst du dir schon was einfallen lassen, aber so ...«, sie tippt mit dem Zeigefinger auf die akkurat gestapelten Unterlagen auf dem Tisch, »so können wir das Ganze vergessen. Da können wir nichts mehr für euch tun, mit den Zahlen. Dann geht das voll den Bach runter, Rainer.«

Ah. Rainer. Das passt irgendwie.

»Du meinst also ...«, Rainer hält inne und überlegt, und ich muss leider den Raum verlassen. Ich habe das Abstellen der Kaffeetasse bereits bis zur Showeinlage hinausgezögert, sie immer wieder ein wenig verschoben, den Löffel neu ausgerichtet, dabei auf die Unterlagen geglotzt (»Verlustvorschau *Ökovillage*« steht darauf), am Ende sogar angefangen, leise ein kleines Liedchen zu summen, aber jetzt muss ich einfach gehen, Arnulf schielt mich schon aus den Augenwinkeln an.

Schade. Gerade jetzt wo es spannend wird.

Eines steht fest: Ich will unbedingt so viel wie möglich von den Gesprächen mitbekommen, immerhin scheint sich die *Alternative Multikulturelle Ökologie Bank eG* in ernsthaften Schwierigkeiten zu befinden. Ich überlege kurz und beschließe dann, völlig offensiv an das Thema heranzugehen und einfach den ganzen Tag über unauffällig in geduckter Haltung in Arnulfs und Almuts Büro herumzuscharwenzeln. Und tatsächlich: Es funktioniert.

Meine untertänigsten Sklavendienste haben offensichtlich einen solch niedrigen Stellenwert und Almut und Arnulf sind so in ihre jeweiligen Gespräche vertieft, dass mein ständiges und meist vollkommen überflüssiges Herein- und Hinausschleichen gar nicht wahrgenommen wird. Ständig bringe ich gefüllte Kaffee- und Teetassen einzeln herein, ebenso den Zucker, die Milch und das Gebäck. Natürlich hole ich die leeren Tassen und Gefäße auch einzeln wieder heraus. Ich bringe sogar für Wanja einen Napf mit Wasser nach dem anderen. Einzig als ich absolute Geistesabwesenheit simulierend anfange, die Grünpflanzen zu gießen (was ich bis heute noch nie getan habe), blickt Almut mit konzentrierter Miene auf und sagt gar nicht mal allzu böse: »Marc, das muss jetzt nicht sein, ne.«

Im Laufe des Tages kommen viele mutlos aussehende Menschen und breiten ihre aktuellen Gewinnprognosen (meistens sind es wohl eher Verlustprognosen) und Konzepte und Zahlen vor Arnulf und Almut aus.

Als ich den beiden langhaarigen Kassenbrillengestellträgern vom *Schokoladenplattenladen* (Geschäftsidee: Schallplatten (!) aus Schokolade) ihre Pfefferminztees bringe, sagt Almut gerade: »Wenn wir euern Kredit aufstocken, dann nur, weil wir persönlich an euch glauben.«

»Mensch, das wäre so erste Sahne, wenn das klappen würde...«, erwidert einer der beiden, doch Almut fällt ihm ins Wort.

»Aber mit den aktuellen Zahlen läuft da einfach nichts, ne. Da kommt selbst Arnulf beim Aufsichtsrat nicht mit durch, mit diesen Zahlen.«

Der Geschäftsführerin der bundesweit operierenden Firma *Ökofoods & Biodrinks* (Geschäftsidee: Ohnehin viel zu teure Biofressalien werden zu noch höheren Preisen nach Hause geliefert) bringe ich wunschgemäß ein Glas lauwarmes Leitungswasser.

»Betriebswirtschaftlich lässt sich eine Kreditverlängerung bei euch einfach nicht rechtfertigen«, erklärt Arnulf gerade, und Almut ergänzt: »Wir könnten das nur mit viel Fantasie durchdrücken, und ich weiß nicht, wie wir diese Fantasie aufbringen sollen, uns fehlt da einfach die Motivation!«

»Wenigstens die Verpflegung für euer TRÖG hättet ihr doch bei uns bestellen können«, bringt die Frau mit tränenerstickter Stimme hervor, und Almut blickt mich so eindringlich an, dass ich lieber schnell das Weite suche.

Nach der kurzen Mittagspause erscheinen die resoluten, kurzhaarigen, an Fußballer erinnernden Mädels vom *Fahrradladen nur für Frauen* (Geschäftsidee: siehe Firmenbezeichnung). Ich gerate ein wenig in Misskredit, als ich sie im Flur in Empfang nehme und höflich frage: »Was möchten die Herren denn trinken?«, aber keiner der einbestellten Gäste ist an diesem Tag wirklich in der Position, sich zu beschweren.

Vielmehr kommen sie fast alle als willfährige Bittsteller, die sich an einen letzten Strohhalm ihrer ins Nirwana driftenden Existenz klammern.

»Wir lehnen uns da ganz schön aus dem Fenster für euch!«, ruft Almut den drei Damen beim Verlassen des Büros hinterher und dann, den ganzen Vormittag lang von allen MitarbeiterInnen bereits ehrfurchtsvoll erwartet, kommt *er*.

Der Stargast des heutigen Tages.

Die große Limousine stoppt mit eingeschalteten Warnblinklichtern auf der Straße, und in der gegenüberliegenden Filiale drücken sich Jockel und seine

MitarbeiterInnen und Nadja mit ihren neuen Krabbelgruppenfreundinnen die Nasen an den Scheiben platt. Er steigt aus und kommt, flankiert von zwei Leibwächtern, zu uns nach oben.

Er. Joschka. Ja, genau. DER Joschka.

Arnulf erwartet von diesem Besuch nicht nur einen ungeheuren Imagegewinn und ein immenses öffentliches Interesse, dem ein fast nicht zu bewältigender Ansturm hingerissener NeukundInnen folgen soll, er wünscht sich vor allen Dingen aktive politische Unterstützung bis hin zu Subventionen für sein schlingerndes Kreditinstitut.

Mann, ist der wieder fett geworden, denke ich, als Joschka die letzten Stufen erklimmt und den Flur betritt, in dem Arnulf und Almut feierlich warten.

Ach wie nett, denke ich dann, *er hat sein kleines Enkeltöchterchen mitgebracht.* Später erklärt mir Almut allerdings, dass es sich bei der dunkelhaarigen Schönheit um seine neue Freundin handelt.

»Das ist wirklich eine große Ehre ist das, wirklich«, quäkt Arnulf, aber Joschka winkt nur ab und erklärt mit seiner kratzigen Stimme: »Fünfzehn Minuten hab' ich. Fünfzehn Minuten.«

»Alles klar!« Arnulf eilt voraus, und ich halte die Bürotür auf.

»Können wir dir was zu Trinken anbieten?«, fragt Almut.

»*Coca-Cola!*«, erwidert Joschka wie aus der Pistole geschossen.

»Wir haben keine *Coca-Cola*«, gebe ich zu bedenken,

»wir haben aber *Bionade* aus biologischem Anbau mit Holundergeschmack.«

»Das kann doch kein Schwein trinken!«, krächzt Joschka, und Almut kommt einen Schritt auf mich zu und ruft: »Besorg *Coca-Cola*!«, bevor sie wie die anderen im Chefbüro verschwindet.

Als ich einige Minuten später mit zwei *Coca-Cola*-Flaschen für Joschka und seine Enkeltöchterchen-Freundin das Zimmer betrete, hat der sich bereits in eine engagierte Rede gesteigert, während Arnulf ihn entmutigten Blickes ansieht.

»... das nimmt mich ja auch mit, Arnulf. Menschlich nimmt mich das auch mit. Wenn ich sehe, wie hier alles zusammenbricht und zwar nicht nur bei euch. Aber ich kann da absolut nichts machen, bin doch völlig raus aus dem Thema. Ständig werde ich angelabert, *Joschka kannste dies, Joschka kannste das*. Kann ich aber nicht. Will ich auch nicht. Was glauben die Leute, was ich heute noch erreichen und bewegen kann? Meinste, ich geh einfach mal zum Finanzministerium und pump die für euch an? Meinste, das kann ich? Mal eben zehn Mio für die Genossen von der AMÖB, wegen Gemeinnützigkeit? Oder als zinsloses Darlehen? Selbst wenn ich noch aktiv wäre, könnt ich da nix machen, aber ich bin ja nicht mehr aktiv, ich bin jetzt raus aus der großen Politik, das weißt du doch. Mach jetzt ein bisschen Gastprofessor hier und da und ansonsten schön die Beine hoch und das Leben genießen, verstehste?«

Er blickt zu seiner jugendlichen Geliebten und dann versonnen gegen die Decke.

Etwas nachdenklich fährt er fort: »Die ganzen Jahre in der Politik, ich bin froh, dass das vorbei ist. Bringt doch alles nix! Was ham' wir denn erreicht eigentlich? Außer dem Dosenpfand!? Nichts. Ein paar Windkrafträder vielleicht noch. Aber ansonsten is doch außer Spesen nix gewesen. Und natürlich immer schön *Krieg ist doof* gebrüllt, wie die Sonderschüler. Na ja, bringt ja nix, wie gesagt.«

Wiederum schaut er seine Geliebte an.

»Alles gut bei dir?«, fragt er und lächelt beseelt. Das Mädchen nickt scheu und lächelt zurück.

»Ich muss gehn«, sagte er dann abrupt und erhebt sich. Im Flur dreht er sich noch mal um. »Viel Glück, Arnulf.« Und als er das Treppenhaus erreicht, ruft er ein einziges Mal »Es tut mir leid!«, allerdings ohne sich noch mal umzudrehen.

Kurz darauf räume ich leise die Tassen und Gläser auf ein kleines Tablett. Arnulf steht am Fenster, und die schwarze Limousine verschwindet in den Straßenschluchten der Innenstadt.

Almut steht hinter Arnulf.

»Wir schaffen das schon«, flüstert sie.

Arnulf schüttelt fast unmerklich seinen Kopf.

»Ich weiß nicht, ob ich das kann«, sagt er leise. »Es kommt mir ...«, er zögert, sucht nach Worten, »... kommt mir nicht richtig vor.«

Almut seufzt und streichelt ihm über seinen dürftig behaarten Hinterkopf, ein paar Schuppen rieseln auf seinen Pullunder herab.

»Es ist aber richtig, Arnulf. Wir müssen doch auch an uns denken. Überleg doch mal! Soll denn alles ganz umsonst gewesen sein? Vertrau mir. Und noch mal: Wir tun das Richtige.«

Arnulf starrt noch immer aus dem Fenster, doch nun beginnt er zaghaft, mit dem Kopf zu nicken und in diesem Moment kommt Wanja unter dem Schreibtisch hervorgeschlurft, und während sie Almut und Arnulf mit feuchten Augen betrachtet, pisst sie einfach mitten im Zimmer auf den Teppich.

Liebeskummer

Jacqueline kommt aus dem Urlaub zurück und ist am Boden zerstört.

Ihre Augen sind vom Weinen so zugequollen, dass man sie hinter den Brillengläsern nur noch als rötliche Pünktchen erkennen kann.

Auf mein diesbezügliches, vorsichtiges Fragen hin behauptet sie tapfer, es sei nichts. Schon gut. Geht schon.

In der für Frauen so typischen Art, selbst im größten persönlichen Fiasko noch als voll arbeitsfähig gelten zu wollen, setzt sie sich mit vom vielen Heulen laufender Nase an ihren Platz und sortiert Unterlagen. Als ich zu ihr hinübersäusele, dass ich leider nicht viele, also eigentlich gar keinen ihrer urlaubsbedingt auf mich übertragenen Arbeitsaufträge bearbeitet habe und sogar ihre Aloe-vera-Pflanze eingegangen sei, kommt nur ein belegtes »Mir doch alles egal« zurück.

Na. Das ist doch immerhin schon mal etwas.

Jacqueline hat aus ihrem Urlaub einige Andenken mitgebracht, beispielsweise hat sie sich allerlei Perlen, Steine, Federn und anderes Zeug in ihre ohnehin schon unansehnlichen Haare flechten lassen. Steine, die dafür offensichtlich zu groß und zu schwer waren, werden liebevoll auf ihrem Fensterbrett drapiert, direkt neben ihrem Mondkalender, und dabei macht sie ununterbrochen ein trauriges Gesicht. Ein großer, gelblicher Stein, der von ganz besonderem Wert zu sein scheint, bekommt einen Ehrenplatz mitten auf ihrem Schreibtisch.

Wenig später kommt Almut herein, um ihre Lieblingsmitarbeiterin willkommen zu heißen, bemerkt aber sofort die atmosphärischen Störungen und schickt mich mit einem Das-können-nur-Frauen-untereinander-besprechen-Gesicht nach draußen.

Ich stehe wie bestellt und nicht abgeholt im Flur zwischen all den Arbeitszimmern und weiß nicht recht, was ich nun tun soll, also lege ich mein Ohr an die Tür und lausche. Aus den so ergatterten Bruchstücken, die immer wieder von Schluchzen und Schniefen und von Almuts Einwürfen wie »Ououou, du, Hals über Kopf reingeschlittert, ne?« oder »Uiuiui, Jacqueline!« unterbrochen werden, kann ich mir die Gesamtproblematik in groben Zügen zusammenreimen. Wegen der ständigen Heulerei und oft minutenlangen Pausen brauchen die beiden allerdings eine knappe Stunde, um den relativ einfachen Sachverhalt herauszuarbeiten.

Jacqueline hat sich in Afrika unsterblich in ihren Bongolehrer verliebt, welcher angeblich der zärtlichste und einfühlsamste Mann auf der ganzen Erde ist. Die beiden hätten sich jeden Tag gepaart, an manchen Tagen sogar mehrmals, und im Dorf demnach auch als Paar gegolten. Im Dorf habe es keinen Kondomautomaten gegeben, und so hätten die beiden es einfach ungeschützt getan. Darüber habe sie sich keine Gedanken gemacht.

Mit Püscha habe sie direkt nach ihrer Rückkehr nach Deutschland Schluss gemacht, noch am Flughafen, da diese Beziehung keinen Sinn mehr mache und Püscha dies auch nicht verdient habe. Nun sei sie bereits seit drei Tagen überfällig und bekomme »ihre Tage« doch sonst immer sehr regelmäßig.

Sie wolle alles dafür tun, ihren Bongolehrer nach Deutschland zu holen, und ihm so schnell wie möglich eine offizielle Einladung der Bank schicken, mit einem festen Jobangebot. Er könne doch beispielsweise Bongolehrer in unserer Kindertagesstätte werden.

Das könne sie auf keinen Fall erlauben, entgegnet Almut mit verständnisvoller Stimme. Das sei ihr ganz egal, schluchzt Jacqueline, und mit einem Mal entbrennt ein Streit zwischen den beiden.

»Ich kann und werde es als deine Vorgesetzte nicht verantworten, dass du die AMÖB dazu nutzt, deinen privaten Leidenschaften nachzugehen, ne.«

»Das hat nichts mit Leidenschaften zu tun, Almut!«

»Und wofür sollen wir überhaupt einen Bongodingenslehrer in der Kinderbetreuung brauchen?«

»Hör zu, Almut, das ist Liebe und mehr als das. Es

ist Völkerverständigung und Multikultur auf höchstem Niveau, und außerdem ist es gegen die Globalisierung.«

Wenn etwas »Gegen die Globalisierung« ist, dann handelt es sich um einen absoluten Trumpf, ein Ass im Ärmel, ein Totschlagargument im positiven Sinne. Gegen die Globalisierung zu sein ist erste Ökobürgerpflicht. Jeder zweite Mitarbeiter in der Filiale läuft mit einem T-Shirt herum, auf dem »Gegen die Globalisierung – AMÖB« steht. Auch wenn mir keiner so recht erklären kann, was genau diese Globalisierung und vor allem was so schlecht an ihr ist.

Jockel, der cholerische Filialleiter, der früher Lehrer an einer Behinderten- oder Waldorfschule gewesen ist, hat einen Erklärungsversuch unternommen, als er mir mein persönliches Anti-Globalisierungs-T-Shirt überreichte. »Das ist, wenn zum Beispiel jemand einfach seine Steuererklärung in einem Steuerberaterbüro in Indien machen lässt, übers Internet und E-Mail und so.«

»Warum sollte jemand seine Steuererklärung in Indien machen lassen?«

»Na, um Kosten zu sparen, weil's in Indien keine Mindestlöhne gibt und so. Oder noch ein Beispiel. Klamotten. Fast alle Klamottenhersteller lassen mittlerweile in Asien fertigen und verkaufen das Zeug dann hier zu völlig übertreuerten Preisen. Das schadet nicht nur der deutschen Wirtschaft, sondern ist auch in höchstem Maße zynisch und menschenverachtend und zudem extrem umweltschädigend, weil die toxischen Farben dort einfach in die Flüsse geleitet werden, mal ganz abgesehen vom Treibstoffverbrauch durch die langen Transportwege. Das ist die Globalisierung.«

Ich schaute auf mein neues T-Shirt, schlug das Etikett im Kragen um und sagte: »Aber Jockel. Unsere Anti-Globalisierungs-Shirts sind doch auch in China gefertigt.«

»Du weißt wohl alles besser!«, brüllte Jockel und drehte sich auf dem Absatz um.

An Jacquelines Schreibtisch herrscht absolute Totenstille. Ich kann förmlich spüren, wie Almut sich Jacquelines Totschlagargument durch den Kopf gehen lässt.

»Was hat das mit der Globalidingenskirchen zu tun?«, fragt sie schließlich.

»Weil, Almut, ohne die Globalisierung und die Abschottung der reichen Länder gegen die armen Länder es überhaupt kein Problem wäre, dass zwei Menschen, die zusammengehören, einfach hier wohnen, auch wenn der eine aus einem der sogenannten armen Länder kommt. Das ist doch alles Teil der globalen Unterdrückung der Reichen gegen die Armen, und außerdem geht es hier um Liebe!«

Ich muss schlucken. Irgendetwas an Jacqueline berührt mich. Sie ist auf so wundervolle Weise naiv und hoffnungslos emotional. Sie glaubt womöglich wirklich an das Gute im Menschen. Im Grunde sollte ich mir ein Beispiel an ihr nehmen.

»Und du bist sicher, Jacqueline, dass du hier Sex nicht mit Liebe verwechselst?«, kommt es nun von Almut und mit einem Mal wird es laut.

»Almut! Das ist frauenfeindlich und rassistisch und ...

und ... und wenigstens verwechsle ich Sex nicht mit Karriere, und ...«

»Was soll das denn heißen, du willst doch nicht etwa andeuten, dass meine Beziehung zu Arnulf in irgendeinem Zusammenhang mit meiner Position in diesem Unternehmen ...«

»Doch! Genau das will ich andeuten, und ich werde diese Einladung rausschicken, das werde ich machen!«

»Ich. Als deine Vorgesetzte. Verbiete dir. Eine offizielle Einladung der AMÖB an einen Bongolehrer nach Afrika zu schicken, ne. Und wenn du diese Anweisung missachtest, dann verspreche ich dir, sind deine Tage hier bei uns gezählt, dafür werde ich sorgen, Jacqueline. Haben wir uns verstanden, Jacqueline! Zwing mich nicht dazu.«

Stille.

Das Gewitter ist vorbei, und ich höre nur noch das unterdrückte Schluchzen und Nasehochziehen, zunächst nur von Jacqueline, dann von beiden. Nach einigen Minuten vernehme ich Almuts Stimme wieder. Sie hat sich wieder im Griff, und ich stelle mir vor, dass sie Jacqueline die Hand auf das Knie legt, während sie versöhnlich und ruhig sagt: »Ich versuche doch nur, dich zur Vernunft zu bringen. Denk doch mal nach! Wie soll das funktionieren?«

»Vielleicht hast du recht«, schluchzt Jacqueline.

Als ich höre, dass sich Schritte der Tür nähern, springe ich einen Meter zurück und kratze mich gedankenverloren am Kopf, während ich eingehend die Deckenlampen inspiziere. Almut bleibt kurz stehen und mustert mich misstrauisch.

Jacqueline spricht an diesem Tag kein Wort mehr. Lediglich das unangenehme Geräusch des Nasehochziehens ist regelmäßig hinter dem zwischen unseren Schreibtischen platzierten Holzregal zu vernehmen. Gegen Abend fragt sie mich dann nach einigen offiziellen Briefbögen der Bank (die Verwaltung solcher Formulare fällt natürlich auch in den Arbeitsbereich der AssistentIn der Geschäftsleitung), sie habe einen wichtigen Brief zu schreiben.

Am nächsten Tag kommt Püscha vorbei. Seine riesengroßen Glotzaugen glänzen feucht hinter seinen Brillengläsern. Er öffnet fast unhörbar die Tür und schleicht dann in Jacquelines Bereich, und die beiden beginnen depressiv zu flüstern und zu tuscheln.

Kann man denn hier überhaupt nicht mehr vernünftig arbeiten?

»Ich bin im Keller!«, rufe ich vorwurfsvoll und mache mich auf den Weg ins Archiv. Dort angekommen erblicke ich Arnulf, der eine dicke Mullbinde auf das linke Ohr gebunden hat und verstohlen einige Unterlagen in der hintersten Ecke des Raumes verstaut.

Als er mich entdeckt, zuckt er zusammen, quiekt kurz auf, und seine ekelhafte gelbe Brille rutscht ihm ganz nach vorne auf die Nase.

Er wirkt wie ein Sechsjähriger, der von seiner Mutter dabei ertappt wird, wie er den kompletten Teig für die Weihnachtsplätzchen aus dem Kühlschrank frisst.

Dabei hatte ich sein kleines Geheimversteck doch längst entdeckt.

Freiwilliger Pflichttermin

Die Arbeitsbedingungen werden immer unerträglicher.
Fast täglich kommt Püscha mit Geschenken vorbei, mal ist es ein Stein, mal ein neues Lederband für Jacquelines Stirn. Könnte er ihr nicht einfach mal Schuhe schenken?
Oder ein Epiliergerät für ihre Beine?
Die beiden verschwinden ständig zum Reden in die Küche, und da sich Arnulf und Almut extrem oft außer Haus aufhalten, sind wieder einmal alle Telefone auf mich umgestellt. Almut hat mir verboten, das Telefon einfach auf *lautlos* zu stellen oder den Hörer danebenzulegen, und so verbringe ich – zur SekretärIn degradiert – die Zeit zwischen den eingehenden Telefonanrufen mit einem Computerspiel, der neuesten Version des Klassikers *Black Hawk Down*. An sich bin ich gar nicht so versessen auf Computerspiele und Spielkonsolen, aber dieses Mal hat es mich wirklich gepackt. Manchmal bleibe ich abends sogar länger, um noch eine Mission zu erfüllen. Im Endeffekt geht es darum:
Ich bin Befehlshaber einer amerikanischen Eliteeinheit in Mogadischu und muss diverse Aufträge erfüllen, wie den staatlichen Nachrichtensender sprengen, einige wichtige Brücken zerstören, Munitionslager in die Luft jagen und dabei ständig auf die feindlichen Frontkämpfer schießen. Am Ende eines jeden Auftrages kommt immer der Obergeneral und sagt: »Good job, soldier!«

Wenigstens mal ein Lob!

Gerade habe ich ein Dorf somalischer Drogen- und Waffenschmuggler dem Erdboden gleichgemacht, als mein Computer »Bing!« macht, was er immer tut, wenn eine Mail von Almut oder Arnulf ankommt. Ich öffne mein Postfach und lese das Schreiben, das an Jacqueline, Ole, Montavi und mich adressiert ist.

Liebe MitarbeiterInnen der Abteilung »Geschäftsleitung, Marketing und Mitgliederverwaltung«! Es ist geschafft. Alle Renovierungsarbeiten sind abgeschlossen, und ich und Arnulf ziehen am nächsten Samstag um. Wir möchten jede und jeden von euch ganz lieb bitten, uns an diesem Tag beim Umzug zu helfen. Um neun geht's los. Wir haben einen Transporter gemietet, da passt einiges rein. Es wäre aber ganz toll, wenn ihr auch eure Privatfahrzeuge zur Verfügung stellen könntet. Vielen Dank schon mal im Voraus und bis Samstag um neun bei uns.
Almut und Arnulf

Was soll das denn? Am Samstag? Um neun? Das geht ja nun gar nicht, denke ich und will gerade eine freundliche, aber bestimmte Absage schreiben, als Ole in mein Zimmer kommt.

»Auch gerade die Mail bekommen?«

»Ja, klar. Ich kann aber nicht, keine Zeit, leider«, entgegne ich und wende mich meiner unvollendeten Antwortmail zu.

Ole blickt mich völlig entgeistert an. Dann spricht er, mit zittriger, beschwörender Stimme: »Das kannst du nicht bringen, Marc. Auf keinen Fall. Das ist ein Pflichttermin. Ein freiwilliger Pflichttermin.«

Als ich am Samstag gegen halb elf die im zweiten Stockwerk gelegene Altbauwohnung von Almut und Arnulf betrete, sind alle anderen schon da.

Ab drei Uhr morgens bin ich mit dem brüllenden Thomas-Max auf dem Arm durch die Wohnung gehopst und habe dabei *I was made for lovin' you* von *KISS* gesungen, normalerweise ein Garant dafür, dass er sich schnell beruhigt und wieder einschläft.

Heute Nacht hat es überhaupt nicht funktioniert, und ich bin ein wenig böse geworden auf den süßen kleinen Spatz und habe angefangen, andere Lieder zu singen, *If I could turn back time* von *Cher* beispielsweise, *Problem Child* von *AC/DC* und später dann *Antichrist in the name of god* von *Slayer*. Im Morgengrauen hat mich Nadja abgelöst, und ich bin für einige Stunden in einen unruhigen Schlaf gefallen. Und genau so fühle ich mich jetzt.

Ole und Montavi tragen professionelle Blaumänner und Lederhandschuhe mit Antirutschnoppen auf den Handflächen. Sie schleppen Umzugskartons nach unten in den Transporter. Sogar Püscha ist erschienen und baut mit unglaublichem Eifer und hochkonzentriert einen riesigen antiken Wandschrank ab. Jacqueline hilft ihm dabei, und in der arbeitsamen Stille, die zwischen den beiden herrscht, liegt ein fast schon greifbares Bedauern, in den kurzen, traurigen Blicken, die sie austauschen, flackert ein unausgesprochenes Verzeihen auf, und ihr gemeinsames Arbeiten drückt eine tiefe Zusammengehörigkeit aus.

Der komplette Flur steht voll mit Kisten und Einrichtungsgegenständen, und ich bin aufrichtig überrascht, dass Menschen mit einem derart geschmacklosen Äußeren eine solch erlesene Wohnungseinrichtung besitzen.

Ich erblicke dunkle, antike Holzmöbel mit schweren Eisenbeschlägen, dazwischen einige Designerexponate aus Plexiglas und Chrom, eine beneidenswerte Bang&Olufsen-Multimedia-Anlage mit mannshohen, sehr schmalen Boxen und einen riesigen Plasmafernseher.

Almut und Arnulf haben zweifellos einen exquisiten Geschmack!

Almut steht in der Küche und lässt sich von einer großen, blinkenden Maschine einen Kaffee zubereiten. Arnulf ist schon vorgefahren, um im neuen Domizil der beiden alles vorzubereiten und auf uns zu warten.

»Besser spät als nie«, sagt sie zur Begrüßung und macht mir auf meine Bitte hin seufzend einen doppelten Espresso. Kurz darauf ruft Ole von unten: »Fertig! Alles eingeladen!«

Als wir eine halbe Stunde später unsere Fahrzeuge vor einem parkähnlichen Grundstück im Frankfurter Nobelvorort Königstein parken und ich zwischen altem Baumbestand eine dezente Jugendstilvilla entdecke, klappt mir für einen kurzen Augenblick die Kinnlade herunter.

»Bitte nix in die Garage stellen, die ist voll. O.k.? Alle Kisten sind beschriftet, ne! Einfach alles erst mal in die entsprechenden Zimmer tragen, ne. Ich schau mal nach Arnulf«, ruft Almut und stapft los.

Die anderen fangen sofort an, die Kisten und Möbel hineinzutragen, völlig unbeeindruckt von dem prachtvollen Anwesen. Ich allerdings will mich zunächst ein wenig umschauen, schnappe mir ein kleineres Paket und laufe unauffällig damit herum. Eine breite Sandsteintreppe führt hinauf zu dem überdachten Eingangsbereich und hinter der riesigen Eingangstür befindet sich eine kleine Empfangshalle, sicherlich sechs Meter hoch, an deren Ende eine großzügige, gewundene Treppe in den ersten Stock führt.

Der alte Parkettfußboden knarzt, als ich das Wohnzimmer betrete. Die Decke ist mit aufwendigen Stuckarbeiten versehen, und in dem mit massiven Sandsteinblöcken umfassten Kamin könnte man mit Leichtigkeit einen Kleinwagen parken. Durch eine doppelte Schwingtüre gelange ich in die mit bunten Fliesen ausgelegte Küche, die nicht viel kleiner ist als das Wohnzimmer, und treffe unvermittelt auf Almut und Arnulf, die an einem riesigen Holztisch sitzen und diverse Dokumente betrachten.

»Na! Dir kann man ja beim Laufen die Schuhe besohlen, Marc«, sagt Almut und nimmt mir das Päckchen ab. »Und außerdem kommt das nach oben ins Schlafzimmer, steht doch drauf! Ach Gottchen, gib her, ich mach's schon selber!«

Auf dem Herd steht ein Topf, in dem eine deftige Erbsensuppe köchelt, die einen wunderbaren Duft verbreitet, der mich schmerzhaft daran erinnert, dass ich noch nicht gefrühstückt habe. Gerade als ich die Schöpfkelle zum Mund führen will, quäkt Arnulf: »Hey! Erst die Arbeit, dann das Vergnügen!«

Neben dem Kühlschrank steht ein Kasten Bier auf dem Boden. Dienstbeflissen lege ich alle Flaschen in den Kühlschrank (es muss auch Leute geben, die an solche Dinge denken!) und mache mir gleich mal eine auf. Auf der großzügigen Terrasse haben Montavi und Ole bereits die Außenmöbel aufgestellt, offensichtlich erwarten die beiden Hausbesitzer einen goldenen Spätherbst. Die Sessel sind sehr bequem, ich genieße den unverbauten Blick auf Frankfurt und den dahinter im Dunst liegenden Odenwald und hole mir noch ein Bier.

»Wie fett ist das denn! Hey, kommt mal alle her, das müsst ihr euch anschauen!«

Ich stehe vor der Doppelgarage, deren Pforten ich trotz der von Almut angebrachten Schilder »Nicht öffnen. Garage tabu!« weit aufgerissen habe, starre hinein und rufe noch einmal: »Hey! Jetzt kommt doch mal alle! Wem gehört *der* denn?«

Es ist mittlerweile Nachmittag, und die Umzugsaktivitäten neigen sich langsam dem Ende zu. Ich habe es tatsächlich geschafft, keine einzige Kiste zu schleppen. Lediglich den Aufbau des Bang&Olufsen-Multimediasystems habe ich übernommen. Die meiste Zeit hat dabei allerdings die Kontrolle der Funktionstüchtigkeit des Fernsehers und der noblen Stereoanlage in Anspruch genommen, insbesondere der Test der Lautsprecherboxen hat sich als sehr zeitaufwendig entpuppt. Leider haben

Almut und Arnulf nur Scheißmusik im Regal (*The Beatles* und *Best of 80s* und ähnlicher Schrott), sodass ich gezwungen war, den Test mit *Last Christmas* von *Wham!* durchzuführen.

Jacqueline und Püscha reagieren als Erste auf mein Rufen. Staunend stehen sie vor dem geöffneten Garagentor.

»Igitt. Was für eine Bonzenkarre!«, entfährt es Jacqueline.

Auch Ole und Montavi treffen ein, und weit entfernt aus dem Park hören wir Almut aufgebracht rufen: »Hey, was soll das denn! Könnt ihr nicht lesen?«

Sie kommt schnaubend und völlig außer Atem angerannt und stellt sich neben uns. Wegen des kurzen Sprints ist sie nicht in der Lage, verständliche, zusammenhängende Wörter von sich zu geben.

Andächtig blicken wir auf einen nagelneuen, weißen Porsche Cayenne mit getönten Scheiben, einer Innenausstattung aus beigem Leder und vier Auspuffen aus Edelstahl.

»Der ...«, Almut schnaubt noch immer, »gehört ...«, sie hat die Hände auf ihre breiten Oberschenkel gestützt, »meinem ...«, eine Schweißperle läuft vom Haaransatz in ihre Augenbraue, »Onkel!«, sie dreht sich zum Haus und murmelt: »Wo ist denn Arnulf, verdammt!«

Arnulf aber hat wegen seines Hörschadens von der ganzen Aktion nichts mitbekommen. Er öffnet die Haustür und ruft: »Wer hat denn das ganze Bier weggetrunken?«

Aussteiger

Ich sitze in meiner Stammkneipe und warte auf Raphael. Nicht, dass er zu spät wäre, Raphael ist nie zu spät. Vielmehr bin ich zu früh.

Gleich werde ich es ihm sagen.

Ich werde aus der Band aussteigen.

Natürlich bin ich traurig, schließlich habe ich jahrelang als Bassist in diversen Bands gespielt und immerhin seit über drei Jahren bei *Three Rocks! Die besten Rocksongs der Siebziger!*

Mir hat auch das Gerede und der Spott über die angeblichen musikalischen oder sogar menschlichen Defizite von Bassisten im Allgemeinen nie etwas ausgemacht. Es stimmt ja auch: Die Bassgitarre ist nach der Triangel das einfachste Instrument der Welt.

Egal welche Rockband man sich anschaut, die Bassisten scheinen oft sehr einfach strukturierte Menschen zu sein, oder sie sind – wie in meinem Fall – wahnsinnig faul und wollen, um bei Mädchen Eindruck zu schinden, in einer Band mitspielen, ohne jahrelang ein richtiges Instrument erlernen zu müssen.

An sich ist gemeinsames Musizieren etwas Wundervolles, ich liebe es.

Das Problem bei richtigen Rockbands ist eigentlich nur, dass mehrere und zudem noch unterschiedlich ambitionierte Musiker daran beteiligt sind und es dadurch unweigerlich zu teilweise tödlich endenden Streitereien kommt. Bei *Three Rocks!* ist das anders. Wir sind alle drei völlig unambitioniert und wollen nur Spaß haben. Lediglich Raphael, unser Manager und Techniker, ist voller Elan und Zukunftsvisionen und versucht, bei allen möglichen Festivitäten Auftritte für uns zu vereinbaren. Einmal hat er uns sogar bei der Oldieparty des Hessischen Rundfunks untergebracht. Aus diesem Grund muss ich es ihm auch zuerst sagen. Tim und Uwe werden einfach zu zweit weitermachen oder sich völlig pragmatisch nach einem neuen Bassisten umsehen.

Grundsätzlich sind Musikkapellen, die sich dem Genre *Rock- und Popmusik* verschrieben haben, personell immer nach dem gleichen Strickmuster aufgebaut.

In einer dunklen Ecke der Bühne steht der eine Zigarette nach der anderen rauchende und bereits kurz beschriebene Bassist. Im Idealfall trägt er trotz völliger Dunkelheit eine Sonnenbrille (also, ich habe das jedenfalls immer gemacht). Der Bassist freut sich, wenn das Konzert zu Ende ist, und er mit Mädchen (die im Übrigen alle Musiker anhimmeln, sogar Bassisten) flirten kann.

Ihm zur Seite gestellt ist der Schlagzeuger, der von grobschlächtigem Charakter, aber handwerklich und konditionell um einiges beflissener sein muss als der Bassgitarrist.

Der Schlagzeuger ist die buchstäblich ärmste Sau in jeder Band. Ein Schlagzeug und das dazugehörige Equipment sind in der Anschaffung wahnsinnig teuer, und durch ständiges Daraufeinknüppeln kostenintensivem Verschleiß bis hin zur raschen Vernichtung des Musikinstruments ausgesetzt. Daher ist Uwe auch immer völlig pleite. Hinzu kommt, dass ein Schlagzeug unglaublich schwer und zudem unhandlich zu transportieren ist, und der Auf- und Abbau der verschiedenen Trommeln, Ständer und Becken Stunden dauert.

In der Regel ist ein Schlagzeuger nach dem Aufbau des Instruments bereits schweißgebadet, ein Zustand der sich während des Auftritts durch heftigsten Körpereinsatz noch verschlimmert, was wiederum dazu führt, dass der Schlagzeuger die wenigsten Mädchen abbekommt, weil er nach der Show erstens stinkt und zweitens stundenlang sein Schlagzeug abbauen muss.

Der Gitarrist ist meist ein um sich schreiender Klaus-Kinski-für-Kassenpatienten-Typ, der Termine mit Managern und Plattenfirmen vereinbart und ansonsten Tag und Nacht übt, wobei sich die Finger beider Hände mit einer Wahnsinnsgeschwindigkeit irrwischartig über die malträtierte Gitarre bewegen. Dass das nicht immer gut klingen muss, hat man oft bei Tim gesehen, beziehungsweise gehört. Auf der Bühne signalisiert der Gitarrist durch das unbeirrt nach vorne gedrückte Becken ständige Paarungsbereitschaft, idealerweise nimmt er bereits während des Auftritts Blickkontakt mit einem für den Geschlechtsverkehr in Betracht kommenden Weibchen auf und macht dabei einen Kussmund.

Der Gitarrist ist der Kopf und der Motor jeder Band, er wäre jedoch ein Nichts ohne den von allen Bandmitgliedern gehassten Sänger.

Der Sänger kommt regelmäßig knapp fünf Minuten vor Beginn eines Konzerts und hat knapp drei Minuten nach Ende desselben seine Zunge in die Mundhöhle eines weiblichen Besuchers gesteckt. Der Sänger ist der Gegenpol zum Schlagzeuger, er ist das vom Schicksal am meisten begünstigte Bandmitglied, und weil er das auch selber findet, ist er wahninnig eingebildet und ein arroganter Schnösel.

Im Grunde sind wir alle immer sehr froh darüber gewesen, dass wir nie einen Sänger für *Three Rocks!* gefunden haben.

Auf der Bühne singt sich der Sänger gerne in eine mehr oder weniger fingierte Trance, die seinem Entrücktsein von allem Weltlichen und seiner Einzigartigkeit Ausdruck verleihen soll, wobei es ihm egal ist, wenn nur acht zahlende Gäste im gähnend leeren Raum herumstehen. Er ist nicht nur Blickfang und Mittelpunkt der Band, er muss im Gegensatz zu allen anderen auch niemals üben, denn »Singen-Können« ist angeboren, ebenso wie »Nicht-Singen-Können«.

Wer als »Nicht-Singen-Könner« geboren ist, wird niemals, egal wie sehr er sich anstrengt, das Singen erlernen. Das heißt natürlich nicht, dass es nicht einige doch versuchen und damit sogar Erfolg haben. Bei *Madonna* funktioniert das sogar international und bei *Nena* immerhin regional im Oldiesegment.

Auf einmal sitzt Raphael vor mir. Er zieht seine Pudelmütze vom Kopf und betrachtet mich misstrauisch. Es steht wohl in meinem Gesicht geschrieben, und ich rede auch nicht lange um den heißen Brei herum.

»Ich steige aus der Band aus«, sage ich. »Es geht einfach nicht mehr.«

Raphael sieht überrascht aus, und ich erkläre es ihm. Die Arbeit. Die Verantwortung. Die Familie. Die zeitliche Beanspruchung. Dass eben irgendwann Schluss ist mit lustig und man schließlich irgendwie erwachsen werden muss.

Als ich meinen erstaunlich kurzen Monolog beendet habe, fühle ich mich schlecht.

Raphael blickt mich lange an und sagt dann mit zitterndem Oberlippenbart: »Ja, aber ... was soll ich denn jetzt machen?«

Bin ich denn für alles und jeden verantwortlich?

»Willst du die Wahrheit wissen?«, frage ich gereizt, obwohl ich weiß, dass ich dazu gar kein Recht habe. Raphael schaut mich an mit seinen treuen, etwas zu eng stehenden Augen und schiebt die Unterlippe vor.

»Ich an deiner Stelle würde mir endlich diesen fusseligen Schnurrbart abrasieren, das war nur am Anfang witzig, dann würde ich aus meinem Kinderzimmer ausziehen, ein bisschen Sport machen, mir eine Freundin suchen und mir zum Abschluss endlich einen richtigen Job besorgen!«

Raphael steht abrupt auf und hastet davon. Nach ein paar Metern dreht er sich noch einmal um, sein Gesicht ist ganz rot.

»Ach ja?«, ruft er. »Damit ich dann genauso glücklich bin wie du, mit deinem tollen Job, der dich ja so wahnsinnig erfüllt, und mit deiner tollen Familie und deinem tollen Haus. Damit ich dann auch meine Freunde hängen lasse und so werde wie du? Ja?«

»Raphael!«, rufe ich noch hinter ihm her.

Es tut mir leid.
Na ja. In ein paar Tagen vertragen wir uns wieder.
So ist das. Bei besten Freunden.

Betriebsversammlung

»Hello?«

Das Knistern in der Telefonleitung ist lauter als die Stimme des Anrufers. Ich verdrehe die Augen und zeige dem Telefon meinen Mittelfinger. Seit nunmehr drei Tagen ruft mehrmals täglich irgendein unverständliches Englisch brabbelnder Typ auf Jacquelines Telefon an, der dann natürlich bei mir landet, weil die gute Jacqueline entweder mit Püscha in der Küche sitzt und redet oder mit Almut und Arnulf wichtige Projekte in deren Büro bespricht. Und stets folgt dem »Hello?« die anscheinend obligatorische Frage: »Is Jacqueline därr?«

»No! Jacqueline is not därr!«, antworte ich jedes Mal, und diesmal füge ich noch hinzu: »Please don't call again, o. k.?«, woraufhin der unbekannte Anrufer irgendetwas von »Maybe tomorrow Spain« sagt, bevor ich auflege.

Kurz darauf kommt Jacqueline hereingehetzt und legt einige Unterlagen auf ihren überquellenden Schreibtisch, macht sich fast gleichzeitig krakelige Notizen und will mit einem Aktenordner unter dem Arm den Raum wieder verlassen, wobei sie wichtigtuerisch: »Bin wieder bei Arnulf und Almut!«, nuschelt, als ich sie zur Rede stelle.

»Seit vorgestern ruft hier ständig jemand für dich an, der ...«

Jacqueline explodiert sofort und schreit: »Kann man denn nicht mal die einfachsten Sachen an dich delegieren? Du sollst doch nur mein Telefon nehmen! Schaffst du nicht mal das!? Manno! Ich kann echt verstehen, wenn Almut sagt, du wärst eine komplette Fehlinvestition, Marc. Echt.«

Damit ist sie aus der Tür, und im Flur höre ich ihre nackten Füße auf dem Linoleum quietschen.

Eine Fehlinvestition?

Ich?

Am Abend treffen sich alle MitarbeiterInnen zu einer von Arnulf und Almut kurzfristig einberufenen Betriebsversammlung in der Filiale. Es herrscht ein ziemliches Chaos, weil viele MitarbeiterInnen ihre völlig ungezogenen, lauten, dreckverschmierten, langhaarigen, respektlosen und zudem noch schlecht angezogenen Ökokinder mitgebracht haben, die nun wie kleine behaarte Raketen durch die Räumlichkeiten jagen.

Hera, eine Mitarbeiterin aus der Filiale mit speckigen langen Hennahaaren und ebenso speckiger Brille, kommt mit säuerlichem Gesicht auf mich zu und fragt: »Sach mal, Marc. Hast *du* das Gebäck besorgt?«

Als AssistentIn der Geschäftsleitung gehört es selbstverständlich zu meinem Aufgabenbereich, für derartige

Veranstaltungen ausreichend Gebäck zu besorgen, und so antworte ich: »Ja, klar. Stimmt was nicht?«

»Sach mal, Marc. Dir is' schon klar, dass das komplett alles Laugengebäck ist?«

Dabei fuchtelt sie mit einer Laugenstange vor meinem Gesicht herum. Ich blicke sie konsterniert an.

»Du weißt nicht, was ich meine, was? Noch nie gehört, dass die Lauge beim Laugengebäck ätzend ist, in hohen Konzentrationen sogar Krebs auslöst? Damit kannste die Farbe von Holztüren ablaugen, Marc, und das soll'n wir essen, ja? Noch nie was davon gehört, dass Laugengebäck auch vollkommen übersalzen ist, Marc. Das gibt's ja gar nicht! Marc! Diese Laugenstange ist gefährlich, verstehst du. Ge! Fähr! Lich!«

Ich möchte etwas sagen, bekomme aber nur einen Schweißausbruch, weil Almut durch den Raum auf mich zusteuert, mit einem anklagenden Gesicht und einer Käselaugenbrezel in der Hand. Vorne klopft nun Arnulf mit seinen knöchrigen Fingern auf den großen Versammlungstisch. Seinen Kopfverband hat er abgenommen, lediglich ein feuchtes Stück Watte lugt aus seinem linken Ohr hervor, und ich muss mir vorstellen, wie ich daran ziehen würde, zunächst vorsichtig, dann heftiger, und wie dabei immer und immer mehr Watte aus seinem Kopf herauskäme.

Augenscheinlich hat Arnulf aufgrund seines Ohrenleidens mittlerweile seinen Gleichgewichtssinn verloren. Er beugt den Oberkörper ständig leicht nach hinten und hat dabei den Kopf nach links abgeknickt, sodass sein rechtes Auge immer leicht nach oben zu blicken scheint wie bei einem Kaninchen mit der Sternguckerkrankheit.

Kaninchen mit der Sternguckerkrankheit stieren ihr ganzes kurzes Leben lang mit einem Auge fast senkrecht in den Himmel (meist hängt ihnen zu allem Übel noch ihr Schlappohr davor), während das andere Auge verkümmert und nutzlos zu Boden gerichtet ist. Wenn ein verantwortungsvoller Kaninchenzüchter die Sternguckerkrankheit bei einem seiner Hoppelhäschen diagnostiziert, hat er nur eine traurige Möglichkeit: Er greift das Tier mit beiden Händen, eine Hand umfasst den Körper, die andere den Kopf, und dann dreht er seine Hände in entgegengesetzte Richtungen, bis ein Knacken zu hören ist.

Aber offensichtlich ist Arnulf ja kein Kaninchen, und so versucht auch niemand im Raum, ihn zu ergreifen und zu erlösen, und er kann seine Quäkstimme erheben und die Betriebsversammlung eröffnen.

»Es sieht nicht gut aus, Leute!«, setzt er an und lässt die Worte wirken, bis sich im Raum eine angespannte Ruhe ausbreitet.

»Unknorke! Echt. Kein Spaß«, fährt er dann fort. »Das Bundesaufsichtsamt für das Kreditwesen hat ein Auge auf uns geworfen. Und diesmal scheint es denen ernst zu sein.«

Normalerweise würde er »Bundeswichtelamt für die Kreditspesen« sagen, aber die Lage ist wohl zu ernst für seine geliebten Wortspielereien.

»Die werfen uns leichtfertige Kreditvergaben vor, und ich möchte, dass hier bei uns jede und jeder Bescheid weiß. Wir müssen jetzt auch jederzeit mit unangekündigten Kontrollen durch die Geier vom Bundesaufsichtsamt rechnen.«

»Blöde Spießerschweine!«, ruft der Filialleiter Jockel mit hassverzerrtem Gesicht, und andere stimmen mit ein: »Spießersäue. Dumme Spießerwichser. Blöde Bürokratenspießer.«

Arnulf hebt die Hände, um wieder Ruhe einkehren zu lassen, dann spricht er weiter: »Okay. Man muss schon sagen, dass einige unserer großen KreditnehmerInnen momentan bös' am Wackeln sind. Das muss man schon zugeben. Außerdem werfen sie uns Ineffizienz in der Organisation und teilweise unnötige oder verfrühte Personaleinstellungen vor.«

Beim letzten Punkt huscht sein Blick kurz zu mir herüber, auch andere können sich ein flüchtiges Augenzucken in meine Richtung nicht verkneifen.

Die MitarbeiterInnen beginnen nun, in Grüppchen verängstigt zu tuscheln oder auch verärgert zu diskutieren, aber Arnulf ist noch nicht fertig und dreht Lautstärke und Intensität seiner Stimme ein gutes Stück in die Höhe. Im Zusammenspiel mit seiner Körperkrümmung und dem angewinkelten Kopf erweckt er den Eindruck eines leicht verrückt gewordenen Generals, und die nun folgenden Worte wirken leidenschaftlich und fast heroisch.

»Aber! Ich verspreche euch, dass ich alles in meiner Macht Stehende tun werde, um Aktionen zu verhindern, die unserer AMÖB schaden könnten, selbst wenn es fantasievolle, selbst wenn es gewagte Schritte sein müssen.

Das verspreche ich euch. Wir haben uns nicht auf den Weg gemacht, um uns hier stoppen zu lassen. Wir haben diese Perle der alternativen Bewegung nicht ins Leben gerufen, damit sie jetzt zertreten wird von den Springerstiefeln der faschistischen Bankenaufsicht, wir werden weitermachen, bis das Land erblüht im Grün der Wälder und im Gelb der Sonnenblumen, bis sich Windkraftrad an Windkraftrad reiht und auf den Dächern aller Häuser die Solaranlagen blitzen und jede Frau die Chance hat ...«

Die letzten Worte sind fast nicht mehr zu verstehen, sie gehen unter in tosendem Applaus und Jubelschreien, und Jockel brüllt: »Gegen die Spießerschweine und die Globalisierung!«

Ohne Zweifel, Arnulf befindet sich in einer Schlacht, ausgetragen auf seinem ohnehin schon mit Sorgen und Verantwortung überladenen Rücken.

Zum Abschluss ruft er wieder etwas gemäßigt in die langsam verklingenden Ovationen: »Und jetzt, ihr Lieben, gibt's noch was Erfreuliches zu berichten!« Er blickt Jacqueline auffordernd an, und diese tritt hervor und steigt auf einen wackeligen Holzstuhl.

Ich entdecke nun auch Püscha, der die ganze Zeit hinter ihr gestanden hat.

»Hallo liebe MitstreiterInnen, liebe GenossInnen. Es haben ja sicherlich ein paar von euch mitbekommen, dass Püscha und ich, also, dass wir zwei irgendwie Probleme hatten.«

Almut nickt heftig und macht dabei ein zufriedenes Gesicht, sie weiß wohl, was jetzt kommen wird. Alle anderen gucken eher zweifelnd ins Leere oder werfen sich fragende Blicke zu.

»Na ja. Kommt ja in den besten Familien vor, und jedenfalls haben wir alles wieder im Griff, und wir gehören halt einfach zusammen, und ich möchte hier, vor euch allen«, Jacqueline dreht sich um, und Püscha blickt sie mit glänzender Stirn und riesigen Glotzaugen an, er weiß wirklich von gar nichts, »hier vor euch allen möchte ich meinen Püscha fragen: Willst du mich heiraten!«

Ein peinlichkeitsbedingter Brechreiz kriecht meine Kehle empor, und ich werde rot. Das ist Fremdschämen pur. Das ist noch schlimmeres Fremdschämen als bei den nachmittäglichen Talkshows im Fernsehen, wenn ostdeutsche Alkoholiker zu Vaterschaftstests überredet oder an Lügendetektoren angeschlossen werden.

Mit der für ihn so typischen allgegenwärtigen Unentschlossenheit zuckt Püscha mit den Schultern und raunt dabei unsicher: »Ja, klar.«

Wieder klatscht der ganze Raum Beifall, als sich die beiden nun in die Arme fallen, und Jacqueline fängt an zu weinen, auch Almut schiebt sich mit dem Zeigefinger eine Träne zurück ins Auge, und neben mir sagt eine Frau aus der Personalabteilung mit erstickter Stimme: »Och, wie süß!«

Und wie, um dem ganzen die Krone aufzusetzen und das Blumenbeet der Freude endgültig in aller Pracht erblühen zu lassen, ruft Jacqueline: »Und noch eine Neuigkeit: Ich bin schwanger!«, woraufhin die Beifallsstürme keine Grenzen mehr kennen.

»Na, das wird eine Überraschung im Kreißsaal!«, will

ich laut rufen, klatsche dann aber doch lieber stillschweigend mit.

Als alle den Raum verlassen, geselle ich mich zu Almut.

»Du ...«, sage ich, »... ich würde irgendwann gerne mal über den Seehund sprechen, ich meine, das ist doch kein Dauerzustand so, und du hast doch auch versprochen, dass ...«

»Ich weiß genau, was ich versprochen habe, mein lieber Marc! Aber ich finde, dass wir momentan andere Probleme haben als deinen blöden Seehund, oder?«

Ich blicke sie entgeistert an, und als sie weiterspricht wird ihr Blick ein kleines bisschen weicher. »Ich kümmere mich schon drum. Nach dem TRÖG, okay?«

Angriff der Ökozombies

Es ist so weit. Der Tag des TRÖG ist gekommen.

Ich renne schweißüberströmt durch mein Büro und klaube Unterlagen zusammen.

Im Flur läuft das Kopiergerät auf Hochtouren und spuckt eine Tagesordnung nach der anderen aus, als ein bedrohliches Piepen ertönt, das mich mit angstverzerrtem Gesicht innehalten lässt. Ich kenne dieses Geräusch zwar nicht, aber mir wird instinktiv klar, dass heute Morgen um neun Uhr zwölf, am Tage des TRÖG, dieses Geräusch nicht erklingen darf. Ich hetze zum Gerät und starre auf das blinkende Display. Papierstau.

Laut fluchend trete ich gegen den Kopierer, was allerdings nichts hilft, und reiße dann die Vorderfront herunter, um den Versuch zu starten, den angezeigten Fehler zu beheben.

Neun Uhr sechzehn. In genau vierundvierzig Minuten soll das Treffen der regionalen Ökologie-Gruppen losgehen, sicherlich trudeln bereits die ersten Alternativmenschen im *Ökohouse-Kult-Tour-Zentrum* ein.

Dieser Kopierer hat in all der langen Zeit, die ich schon bei der AMÖB arbeite, in all den langen, langen ... gut, es waren ja nur ein paar Wochen, aber jedenfalls hat er in den paar wenigen Wochen keinen einzigen Papierstau verursacht und ausgerechnet jetzt ...

Ich behebe den Fehler mit erstaunlich geringem Zeitaufwand und warte ungeduldig auf das Ende des Kopiervorgangs. Dabei werfe ich einen Blick in die Morgenzeitung. Die Überschriften auf der Titelseite sind wie immer eine Ansammlung von Katastrophen. Ein kleiner Artikel am Rand fällt mir auf:

32 Flüchtlinge vor Marokko ertrunken
Ceuta. Beim Versuch, von Marokko aus auf das spanische Festland zu gelangen, sind 32 Flüchtlinge im Mittelmeer ertrunken. Ihr Boot war vor der Küste des nordafrikanischen Wüstenstaates gesunken. Sechs Insassen des Bootes wurden von einem spanischen Fischkutter gerettet und an Land gebracht.

Die Geretteten hatten seit Tagen nichts mehr gegessen oder getrunken. In den vergangen Monaten sind Hunderte von Afrikanern auf der Überfahrt...

Der Kopierer ist fertig. Endlich. Mit Schweißrändern im Achselbereich meiner dicken Kapuzenjacke komme ich um kurz vor zehn am Veranstaltungszentrum an, inklusive zweihundertvierzig kopierter Tagesordnungen und Namensschildchen. Die meisten Leute sind selbstverständlich schon da, einige haben sich bereits im Veranstaltungsraum auf die Stühle vor das Podium gesetzt, andere stehen noch rauchend im Foyer oder holen sich Kaffee und Quarktaschen am hierfür aufgebauten Frühstücksbuffet.

Jacqueline ist gestern noch auf die Idee gekommen, dass Kaffee und Backwaren sicherlich gut ankommen würden, im Grunde sogar unerlässlich sind, und hat das Buffet noch blitzschnell organisiert und heute Morgen zusammen mit Püscha aufgebaut.

Ich lege die Tagesordnungen und die Namensschildchen neben das Gebäck und schaue mich um. Das Gebäude ist in einem erbärmlichen Zustand, die vom Hausmeister bereits telefonisch erwähnten Vandalismusschäden allgegenwärtig.

Auffällig sind natürlich wieder die unfassbar unmodischen Klamotten fast aller Anwesenden. Ich erblicke einen Wald aus Lederwesten über Fleecepullis, Jeanshosen in so unmöglichen Farben wie hellgrün oder lila, die unvermeidlichen Batikkleider und natürlich die ohne Rücksicht auf Jahreszeiten getragenen Sandalen. Im Grunde die komplette Vollausstattung eines alternativen Secondhandladens in Berlin-Kreuzberg. Einige TeilnehmerInnen sind vollständig im kurzen Aufflammen der Ökologiebewegung der Achtzigerjahre hängen geblieben, tragen selbstgestrickte Pullis, schwarz-weiß gestreifte Karottenjeans und Stulpen, als wollten sie die Zeit festhalten oder zurückdrehen. Vollbartträger jeden Alters diskutieren mit hochschwangeren Brillenträgerinnen, mich umgibt ein diffuses, verräuchertes Geschnatter. Ich betrete den sich füllenden Veranstaltungsraum und schnappe Gesprächsfetzen zweier Batikfrauen auf.

»Ich merk' das sofort, wenn ich gefärbtes Toilettenpapier benutze, hab' ich tagelang einen ganz gereizten After davon ...«, sagt die eine und die andere antwortet: »Kenn ich, du! Verursacht auch Alzheimer, wegen dem Blei in der Farbe, ganz schlimm ...«

Hinter ihnen stehen die dazugehörigen Ypsilonchromosomenträger, beide in beige Hemden und braune Lederwesten gekleidet. Auch ihre Unterhaltung kann ich im Vorbeilaufen kurz verfolgen. Ihre Stimmen sind sanft und leise.

Es sind Stimmen, die nur erhoben werden, wenn damit während einer Demonstration (gegen Studiengebühren oder Schnellstraßen oder Atomkraftwerke oder irgendwas) »Wir sind friedlich! Was seid ihr? Wir sind friedlich! Was seid ihr? Wir sind friedlich ...« skandiert wird, sobald ein paar gelangweilte Polizisten auftauchen, um Falschparker aufzuschreiben.

»... hat gar nicht wehgetan, du!«, sagt der eine jetzt.

»Echt nicht?«, fragt der andere zurück.

»Nö. Schnipp. Schnapp. Und fertig. Das haben die ambulant erledigt, hat keine zwei Stunden gedauert, und jetzt muss Maike nicht mehr die blöde Pille schlucken, oder eben die Spirale oder so, na ja. Fünf Kinder reichen uns auch wirklich.«

Vorne auf dem Podium sitzen bereits Arnulf und Almut, außerdem der Filialleiter Jockel, die Leiterin der Kinderbetreuung Birte (als Vertreterin der Mitarbeiterschaft) und der Vorsitzende des Aufsichtsrates, ein glatzköpfiger Mann, dessen Namen ich mir nicht merken kann.

Vor jeder Person steht ein Mikrofon auf dem Tisch.

Während ich mich durch die Stuhlreihen nach vorne kämpfe, erblicke ich eine Frau, die gerade mit dem Finger auf mich deutet, um die um sie Herumstehenden auf mich aufmerksam zu machen. Bärbel. Sie trägt ein T-Shirt mit der Aufschrift »Männliche Selbstbefriedigung ist auch Abtreibung« und ist die Führerin beziehungsweise Vorsitzende der Berliner Ökologie-Gruppe, die sich *Berliner Zelle* nennt. Im Schlepptau hat sie einige wollknäuelartige Menschen und ihren aggressiv wirkenden Freund Malte, der auch ihr Vertreter in der *Berliner Zelle* ist.

Malte gehört zu der Sorte von Gästen, die sich nicht ganz so irrwitzig ökologisch geben, sondern optisch den intellektuellen Ansatz des umweltbewussten Denkers verfolgen.

Er trägt ein dunkelbraunes Cordjackett, darunter ein weißes Hemd und um den Hals einen Seidenschal. Als er mich sieht, nickt er kurz und unfreundlich und spricht dann weiter mit Bärbel.

Arnulf eröffnet die Versammlung, und noch während er freundliche Begrüßungsfloskeln von sich gibt, von »Weggefährten« und »alten Freunden« und »großer Freude des Wiedersehens« spricht, macht sich in der Berliner Zelle eine aufgeregte Unruhe breit, und Malte erhebt sich, läuft zu einem der im Saal stehenden Mikrofone und ruft: »Watt soll'n dette hier, wa?«

Er hält die Tagesordnungen drohend in die Luft.

»Dette geht ja nu jarnich, wa?«, fährt er fort, und obwohl Arnulf beschwichtigende Worte von sich gibt, unterbricht ihn Malte gleich wieder.

»Dette is ja wohl die Höhe. Icke sach noch auf der Herfahrt zu Bärbel: Wenn heute nich über die neue Filiale in Berlin abjestimmt wird, denne is aber watt los, wa? Und watt is nu? Nich ma auf die Tagesordnung is dette Punkt drauf. Dette is ja wohl die Höhe, wa?«

Almut schaltet sich ein, auch sie versucht, einen beruhigenden Ton zu treffen.

»Malte! Wenn du den diesbezüglichen Artikel in der letzten Ausgabe der *Ökorrekt* gelesen hättest, dann wüsstest du auch, dass sich die Bank auf einem ernsthaften Konsolidingens ...«

»Konsolidierung«, kommt Arnulf ihr schnell zu Hilfe, sodass Almut fortfahren kann: »Konsolidierungskurs befindet, wo momentan für weitere Filialen keine Kapazitäten und Mittel zur Verfügung gestellt werden können.«

»Dette is uns doch piepejal, watt ihr da für Beschlüsse macht, ihr da oben. Wir in der Hauptstadt wolln och 'ne Filiale. Kommt euch wohl janz toll vor, wie ihr da oben sitzt auf'm Podium und wir hier unten, wa? Dette is ja wohl die Höhe, wa?«

Einige der im Saal Anwesenden applaudieren kurz, andere rufen: »Recht so!« oder »Genau!«, und Malte fühlt sich bestärkt in seinem Tun und fährt kämpferisch fort: »Icke hab jetze ma direkt en Antrach auf Änderung der Tagesordnung, wa?«

»Die Frist für Anträge zur Änderung der Tagesordnung ist seit einer Woche abgelaufen!«, erklärt Almut daraufhin leicht gereizt, was zu allgemeinen Unmutsbekundungen im ganzen Saal führt.

»Dette is ja wohl die Höhe, wa?«, ruft Malte wieder. »Die Tagesordnung ham wir doch jerade erst jelesen! Jibt's ja jarnich!«

Almut winkt mich zu sich, hält eine Hand über das vor ihr platzierte Mikrofon und flüstert mit bebender Stimme: »Du solltest doch die Tagesordnungen vor drei Wochen rausschicken, Marc! Hast du das nicht getan?«

Ich zögere einige Sekunden, während deren sich ein Schweißfilm auf meiner Stirn bildet, und das reicht Almut schon aus, um die Situation zu erkennen. Sie funkelt mich wütend an und spricht dann erneut, nun allerdings etwas entschuldigend ins Mikrofon: »Nun, äh, anscheinend sind nicht bei allen regionalen Gruppen die heutigen Tagesordnungen rechtzeitig angekommen, der Marc hier war dafür zuständig, und ich kann das jetzt nicht genau nachvollziehen, aber ...«

»Apropos Marc!«, unterbricht Malte sie und deutet mit dem Finger auf mich. »Für sowatt is doch och Geld da, wa! Datt jemand einjestellt wird nur für euch da oben, wa? Der holt dir wohl morjens schön deinen Kaffee, watt Arnulf? Dette würde mir och jefallen, wa!«

Wieder applaudieren große Teile der Anwesenden, mir steigt die Schamesröte ins Gesicht, und ich winke idiotischerweise zaghaft ins Publikum. Malte fragt kampflustig: »Also, watt is nu mit meinem Antrach auf Änderung der Tagesordnung? Icke schlage vor: Punkt eins: Filiale in Berlin, wa?«

Fast unbemerkt ist Eberhart von der Freiburger Gruppe an ein anderes Saalmikrofon gehumpelt und spricht nun mit bebender Stimme hinein: »Also Malte! Ihr wollt doch wieder nur Stunk machen, ihr aus Berlin. Erstens wollen wir in Freiburg die Filiale ebenso wie ihr in Berlin, nur dass das mal gesagt ist, und zweitens habe ich auch einen Antrag.« Eberhart zwinkert Arnulf zu, der das Geschehen verwirrt verfolgt, dann fährt er fort: »Ich habe einen Antrag auf Ablehnung aller Anträge zur Änderung der Tagesordnung.«

Nun kommt es zu tumultartigen Szenen, die Berliner beschimpfen die Freiburger als Spalter und Schleimer, die Freiburger schimpfen zurück, Arnulf hämmert mit der flachen Hand auf den Tisch und brüllt »Ruhe!«, Grüppchen verlassen aus Protest den Saal, eine durch die Luft fliegende Sandale verfehlt nur knapp das wütend verzerrte Gesicht meiner Chefin.

Erst als sowohl die Freiburger als auch die Berliner Gruppe und unzählige andere Personen den Saal verlassen haben, kann mit dem offiziellen Tagesordnungspunkt Nummer eins begonnen werden, dem »Bericht aus der Bank«.

Die Berichterstattung gestaltet sich wegen der Geräuschbelästigung des im Nebenraum stattfindenden »Orgasmuskursus für Frauen über vierzig« etwas anstrengend, insgesamt sind jedoch alle im Saal Verbliebenen froh, dass es nun inhaltlich vorangeht.

Gerade als Almut erzählt, dass diverse Großkredite aufgrund erstaunlich guter Zahlen der Unternehmen verlängert werden können, kommt ein kleiner hektischer Mann in den Saal gelaufen. Er hat eine Küchenschürze um, auf die »Jacques' Schlemmer Service« gestickt ist, und als ich mit ihm zurück ins Foyer gehe (in dem sich gerade Eberhart und Malte anbrüllen), erblicke ich viele Angestellte von Jacques, alle mit einer bestickten Küchenschürze, die fleißig wie die Ameisen riesige Edelstahlpfannen mit dem Mittagessen aufbauen. Als Vorspeise gibt es »Froschschenkel in Weißweinsauce«, danach »Wachteln« und zum Abschluss eine »gesüßte Gänsestopfleberpastete«.

Ich kann gerade noch die entgleisenden Gesichter der im Foyer befindlichen Ökozombies sehen, als Jacques voller Stolz die handgeschriebenen Tafeln vor das jeweilige Gericht hängt, bevor ich fluchtartig das Gebäude verlasse.

The day after

Der Tag nach dem TRÖG erwacht in den klammen Fängen eines unfreundlichen Nebels.

Es gibt keinen Zweifel, die Veranstaltung war eine Katastrophe. Schlecht gelaunt besteige ich die stählerne Sklavenbeförderungsmaschine, die mich unterirdisch zu meiner Arbeitsstelle bringt.

Almut und Arnulf sitzen schweigend und unnahbar in ihrem Büro.

Als ich mich auf meinen rückgratschonenden Gesundheitsstuhl setze, klingelt augenblicklich das Telefon. Ich bin mir fast sicher, dass einer von beiden, also eine von beiden, also jedenfalls entweder Almut oder Arnulf dran ist, um mich zusammenzufalten, ich habe mich aber getäuscht.

»Hello? Is Jacqueline därr?«, kommt es aus der Leitung, dieses Mal allerdings nicht vollkommen verzerrt und von lautem Knistern unterbrochen, sondern deutlich und gut verständlich.

Ich spüre einen Schwall wutgetränkten Blutes in meinen Kopf schießen und brülle: »NO! NO! NO! JACQUELINE IS NOT DÄRR, YOU IDIOT! JACQUELINE! IS! NOT DÄRR! O.K.? SHE! IS! NOT DÄRR! AND DON'T CALL AGAIN!«

So. Das ist hoffentlich deutlich genug.

Auf einmal ist unser Filialleiter Jockel am Apparat.

»Jockel?«, rufe ich.

»Marc, hier steht dieser offenbar weit gereiste Mensch

bei uns in der Filiale und will unbedingt zu Jacqueline. Er hält mir so eine Art Einladung vor die Nase, also eine Einladung von uns, unterschrieben von Jacqueline, er könne hier arbeiten oder so. Ist Jacqueline denn nicht da?«

»Doch, doch, Jockel. Jacqueline ist schon da, die chantet aber gerade mit Püscha in der Küche.«

Einige Minuten später steht ein muskulöser Mann mit palisanderfarbener Haut und gleichmäßigen Gesichtszügen im Türrahmen meines Arbeitszimmers. Seine Augen sind müde und seine Kleidung ist völlig abgewetzt. Auf seinem Rücken trägt er einen verschlissenen Rucksack.

»Oh Gott! Sind Sie ... äh ... are you etwa ... äh ...?«, stottere ich und mache einen Schritt auf ihn zu, will ihn stützen, obwohl das nicht nötig ist. Schlagartig begreife ich die Situation.

Vor mir steht Jacquelines Bongolehrer aus Afrika.

»Hello. My name is Ngububu«, sagt er und beglückt mich mit einem unerwartet kräftigen Händedruck. Hinter mir entdeckt er Jacquelines Arbeitsbereich und betrachtet ihn höchst interessiert. Seine Lebensgeister scheinen zurückzukehren, und er ergreift einen großen gelblichen Stein von Jacquelines Schreibtisch, und während er sich zu mir umdreht, verwandelt sich sein Gesicht in ein breites, strahlendes Lächeln, fast fühle ich mich geblendet von seinen makellosen, schneeweißen Zähnen, und ohne genau zu wissen weshalb, muss ich jetzt auch breit lächeln und kurz darauf fange ich sogar an zu lachen und mein Gegenüber muss auch lachen, und so stehen wir in diesem schäbigen Büro und lachen, und obwohl ich den Hünen vor mir noch nie gesehen habe, sage ich: »Du hast es geschafft!«

Ngububu wischt sich mit dem Handrücken eine Freudenträne aus dem Augenwinkel.

»Ja. Isch habe geschafft!«

Die Tür fliegt auf, und Jacqueline kommt herein, zum Glück ohne ihren zukünftigen Ehemann. Als sie Ngububu sieht, stößt sie einen spitzen Schrei aus, gefolgt von einem hysterischen »Ach du Scheiße!«. Sie rennt auf Ngububu zu, umarmt und küsst ihn, doch bevor er seine Arme um sie schlingen kann, rennt sie wieder hinaus und verschanzt sich laut heulend bei Almut im Büro.

Der dunkelhäutige Mann blickt mich mit hochgezogenen Augenbrauen an, und ich kann nur mit einem weltweit gültigen Ich-habe-keine-Ahnung-Gesicht mit den Schultern zucken.

Gerade als ich ein Glas Wasser vor ihn stelle, beordert mich Arnulf zum *Krisengespräch* ins Chefbüro.

Vor mir sitzen eine vom Heulen verquollene Jacqueline, ein mitfühlend dreinblickender Arnulf (er hat sogar einen Arm um Jacquelines Schulter gelegt) und eine stocksaure Almut. Almuts Gesichtsausdruck kann man getrost als *eisige Fratze blinder Wut* bezeichnen.

»Also, wenn es um das TRÖG geht...«, bringe ich stockend hervor.

»Es geht nicht um das TRÖG. Über das TRÖG reden

wir später!«, herrscht Almut mich an. »Es geht um ...«
Sie zögert kurz, dann macht sie eine Kopfbewegung in Richtung Bürotür. »... um die Situation. Die Situation, die wir jetzt hier haben.«

Ich finde sie heute besonders hässlich.

»Ich hatte es dir verboten!«, zischt sie jetzt, aber die angesprochene Jacqueline kann nur verzweifelt mit dem Kopf nicken. Jacquelines Stimme ist nicht mehr als ein Fiepsen, noch dazu presst sie ihre Hände vor ihren Mund, sodass man ihre Worte kaum versteht.

»Ich habe mich doch gerade wieder mit Püscha vertragen. Was soll ich denn jetzt machen? Ich kann doch nicht ... Wie soll ich denn ... Ich wusste doch nicht ...«, stammelt sie in sich hinein.

»Zunächst müssen wir mal kurzfristig eine Lösung finden«, sagt Arnulf einigermaßen staatsmännisch.

Was heißt hier eigentlich wir? Was habe ich denn bitte damit zu tun, mit dieser Situation, die wir jetzt hier haben?

»Zu uns kann er nicht«, erklärt Almut verkniffen. »Wir sind ja quasi noch mitten im Umzug, das möchte ich ihm nur ungern zumuten. Das geht nicht.« Sie kräuselt die Stirn, als müsse das ja wohl jedem im Raum vollkommen klar sein und wendet sich dann direkt an Jacqueline. »Außerdem bade ich bestimmt nicht aus, was du dir da eingebrockt hast, du. Ganz bestimmt nicht.«

Ich hasse sie.

»Ngububu kann erst mal bei mir wohnen«, höre ich mich sagen.

Was mache ich hier?

Die drei glotzen mich an wie Wiederkäuer.

»Ich müsste natürlich noch kurz mit Nadja telefonieren, ob sie was dagegen hat, aber ...«

»Danke«, schnüffelt Jacqueline in ihr Taschentuch, und Almut ruft: »Gut!«, und haut mit der Hand leicht auf den Tisch, um diesen Punkt auch akustisch abzuhaken. »Dann hätten wir dieses Problem ja schon mal von der Backe.«

Ich hasse sie so sehr.

Selbst in der kleinsten Hütte

Als ich meine Haustüre aufschließe und nach oben in den Wohnbereich gehe, schleicht Ngububu hinter mir her wie ein Geist. Nadja hat das zweite Kinderzimmer unterm Dach für ihn hergerichtet und kommt aus der Küche gestürmt, um ihn vollkommen übertrieben willkommen zu heißen. Mit weit aufgerissenen Augen ergreift sie seine Hand und modelliert jede einzelne Silbe unter vollem Einsatz sämtlicher Gesichtsmuskeln aus ihrem Mund heraus, gerade so, als wäre er ein zurückgebliebenes Kind. »Her-z-lich-will-komm-en!«

Sie findet das wahrscheinlich total ganzheitlich und wichtig (ich finde es ein bisschen peinlich). »Die ganze Welt muss zusammenhalten!«, ruft sie und strahlt dabei über das ganze Gesicht. Ngububu nickt nur, blickt verunsichert lächelnd auf seine gefalteten Hände und murmelt mehrmals »Thank you«.

Er lässt sich auf einen Stuhl am Esstisch (Brökföstö von IKEA) sinken, und die vordergründige Euphorie der letzten Stunden verlässt ihn, wird verdrängt durch düstere Gedanken und Erinnerungen, die sich in seinem Gesicht spiegeln. Dann fängt er an zu erzählen, zunächst stockend, eine wilde Mischung aus gebrochenem Englisch und Deutsch und abrupten Gebärden, gerade so, als müsse er seine Geschichte jetzt herauslassen, um nicht zu platzen. Er erzählt, wie er aus seinem Dorf losgelaufen ist, eine ganze Nacht hindurch, um den Bus zu erreichen, der ihn in eine Stadt namens Conakry bringen sollte. Wie er dort einen wichtigen Mann getroffen hat, der ihm seine Trommel wegnahm und dem er für die Weiterreise 400 Euro geben musste. Das Geld hatte Jacqueline ihm bei ihrer Abreise gegeben. Wie er mit fünfzehn anderen Männern dicht gedrängt auf der Ladefläche eines alten Datsun gesessen hat, der auf einer Wüstenstraße Richtung Norden fuhr, und wie zwischendurch bei voller Fahrt ein Mann herunterfiel und der Fahrer einfach weiterfuhr. Er schlägt mit einer Hand auf die andere, um den Aufschlag zu verdeutlichen. Zwischendurch lacht er immer wieder auf, verzweifelt und erleichtert zugleich, und Sekunden später kullert ihm eine Träne über die Wange, die er schnell abwischt.

Ich kann nur vor ihm sitzen und zuhören und manchmal flüstere ich ein entsetztes »Puh« oder ein »Das gibt's doch nicht«.

Das hier ist kein Spaß mehr. Das hier ist kein Seehund auf einem Reifenstapel oder ein Wassereinbruch im Keller, keine zu dicke Ehefrau, kein Hypothekenkredit und auch kein nachts schreiendes Kleinkind. Hier geht es um Leben und Tod.

Als sich Ngububu im Wohnzimmer auf den Fernsehsessel setzt, fallen ihm sofort die Augen zu.

Heute Abend kommt unsere Hebamme Frau Lii zum letzten Mal.

Im Laufe der Zeit ist sie mir fast ein bisschen ans Herz gewachsen, mit ihrem unverständlichen Kauderwelsch (obwohl sie angeblich seit achtzehn Jahren in Deutschland lebt) und der professionellen Zärtlichkeit, mit der sie Thomas-Max jede Woche gebadet und massiert hat. Sicherlich stehen wir nachher alle um den Kleinen herum und sind verzückt.

Das ist doch alles Wahnsinn. Und in ein paar Tagen ist auch noch Jacquelines Hochzeit.

Jacquelines Hochzeit

Es gibt Worte, die muss man in ganz bewussten und fetten Anführungsstrichen und zusätzlich noch kursiv schreiben. Wenn man diese Worte ausspricht, dann mit der gleichen Betonung, mit der man das Wort »Kraftfahrzeug« in Bezug auf einen Smart oder das Wort »Haus« in Bezug auf meinen Reihenhasenkasten ausspricht.

In diesem Fall handelt es sich um das Wort »Hochzeit«.

Genauer gesagt um Jacquelines und Püschas »*Hochzeit*«.

Jacqueline und Püscha widersetzen sich aufgrund ihrer ungeheuren Freiheitsliebe, ihrer unermesslichen Andersartigkeit und ihrem universellen Gesamtbewusstsein nämlich dem Ritual einer normalen Hochzeit, die man wegen ihrer Normalität ja nicht in bewussten und fetten Anführungsstrichen und zusätzlich noch kursiv schreiben müsste. Jacquelines und Püschas »*Hochzeit*« hat absolut nichts zu tun mit einer anständigen, normalen Hochzeit.

Es ist früher Nachmittag, und ich fahre in einem Taxi auf einen bereits mit in bunten Farben bepinselten VW-Bussen, Käfern und alten Mercedes-Benz und noch älteren Motorrädern vollgestellten Waldparkplatz im Taunus. Der Taxifahrer kassiert eilig achtzehn Euro und wendet so schnell wie möglich, in seinem Gesicht steht Todesangst seitdem ich in sein Taxi gestiegen bin und gesagt habe: »Fahren Sie mich auf einen Waldparkplatz.«

In einem nahe gelegenen Waldstück sollen die Feierlichkeiten durchgeführt werden, und so wate ich einen morastigen Pfad entlang, und plötzlich entdecke ich wild verstreut Dutzende von Tipizelten, kleine Lagerfeuer und Menschen, die aussehen, als seien sie Statisten einer Fernsehdokumentation über das Leben in der Steinzeit. Andere wiederum sehen aus, als kämen sie nach jahrzehntelangem Fußmarsch geradewegs vom Woodstock-Festival. Und alle sind sie die besten Freunde und Verwandten, die Hochzeitsgäste von Jacqueline und Püscha.

Obwohl die Temperaturen doch eher herbstlich sind (schließlich ist es November!), kann ich viel nackte Haut sehen, besonders die anwesenden Kinder rennen quasi unbekleidet mit wehenden, verfilzten Haaren zwischen den Zelten umher. Lachen, schreien, heulen und schlagen aufeinander ein. Einen kleinen Dialog zwischen einer gemüseschneidenden Ökoindianerfrau und ihrem gerade vorbeirennenden Kind kann ich erhaschen.

Gemüseschneidende Ökoindianerfrau: »Soleil del Sol (das ist der Name des Kindes), hilfst du dem Volker mal beim Wasserholen?«

Gerade vorbeirennendes Kind: »Nö.«

Volker ist wohl der Vater des Kindes. In ökologisch wertvollen Familien wird der Erzeuger niemals Papa genannt, sondern immer mit dem Vornamen angesprochen, um damit auszudrücken, wie ebenbürtig doch alle Menschen sind. Ebenso gut möglich ist es natürlich, dass Volker nach Soleil del Sols Erzeuger bereits der nächste oder übernächste Partner an der Seite von Soleil del Sols Mutter ist. Möglicherweise ist der Erzeuger von Soleil de Sol vor einiger Zeit mit eingefrorenen Arschbacken in seinem Tipizelt aufgewacht, hat zu der neben ihm schlafenden Mutter von Soleil del Sol »Ich hab' kein' Bock mehr auf die Indianerscheiße!« gesagt, hat sich seine Jeans und den warmen, gemütlichen Pullover mit fünfzig Prozent Polyesteranteil angezogen und ist dann einfach mit seinem Auto davongefahren.

Mit diesen Gedanken stapfe ich weiter durch den Wald.

Bärtige Männer tragen Berge von Brennholz auf ihren behaarten Oberschenkeln zu mehreren Feuerstellen, andere schleppen Wackersteine herbei, um damit die Feuerstellen einzugrenzen. Frauen stabilisieren die Zelte oder flechten sich gegenseitig Zöpfe oder bereiten Mahlzeiten vor. Im Windschatten eines Baumes kniet ein stark schwitzender Mann, ausschließlich bekleidet mit einer speckigen, kurzen Lederhose. Er schlägt zwei Steine über einem Reisighaufen gegeneinander. Immer wieder entsteht dabei ein kleiner Funken, doch brennen will das Gehölz nicht. Ich biete dem Mann hilfsbereit mein Feuerzeug an, doch er blickt mich nur irritiert an und schüttelt dann den Kopf.

Hier und da werden bereits die obligatorischen Bongos und Kongas bearbeitet und liefern den Rhythmus zu den eifrigen Vorbereitungen.

Mittlerweile komme ich mir reichlich deplatziert vor in meinem weißen Hemd, dem dunkelgrauen Jackett und der dezenten Krawatte; Klamotten die man halt so anzieht bei einer Hochzeit.

Bestätigt wird mein diesbezüglicher Eindruck, als ich auf eine breite, helle Lichtung trete, dem eigentlichen Ort des Geschehens, denn dort laufe ich direkt Jacqueline und Püscha in die Arme. Püscha trägt ein Batikshirt, das mit verschiedenen Abstufungen der Farbe Schwarz gebatikt worden ist. Zwischen großen schwarzen Flecken mäandern kaum erkennbare hellere Linien, und insgesamt erinnert mich das Shirt an die Fotografie eines bösartigen Tumors, welchen ich kurz zuvor am schwarzen Brett in der Filiale angestarrt habe. »Alternative Spontanheilung bei bösartigen Tumoren« hat darüber gestanden und darunter »Shavira (Heiler)« und eine Telefonnummer. Zu seinem Tumor-Shirt trägt Püscha verwaschene schwarze Jeans und Leder-Flip-Flops (Mein Gott, ihm müssen doch die Füße abfrieren!), und natürlich hat er seine Augen-Vergrößerungs-Brille auf. Die barfüßige Jacqueline trägt ein schlichtes, hellgelbes Leinenkleidchen und hat sich zur Feier des Tages einen neuen, schwarzen Lederriemen um den Kopf gebunden, der heute ganz besonders stark in die Haut der Stirn einzuschneiden scheint.

»Was hast du 'n für 'n Spießerkram an!«, fragt sie mich entgeistert.

Ich reagiere nicht und frage: »Sag mal, wo ist denn die Kapelle? In dreißig Minuten soll's doch losgehn?«

»Kapelle?« Jacqueline macht ein ungläubiges Gesicht.

»Na, hier ist doch bestimmt eine kleine Waldkapelle oder so! Für die Hochzeit«, lege ich nach.

Jacqueline prustet in sich hinein, und Püscha macht eine Kopfbewegung, irgendetwas zwischen Kopfschütteln und Nicken.

»Kapelle! Ich glaub es eimert, du. Den bürgerlichen Müll kannste dir doch voll schenken. So mit Pfarrer und so? Nee danke. Wir machen 'ne richtige Schamanenhochzeit. Aber wann's losgeht weiß ich noch nicht. Unser Schamane ist noch nicht da. Hat 'ne SMS geschickt, der steckt im Stau.«

Obwohl keinerlei Musik zu hören ist, tanzen neben uns einige unförmige rothaarige Frauen und schauen dabei verträumt in den Himmel. Plötzlich geht ein Aufatmen durch das Gehölz, ein Raunen, welches sich binnen Sekunden in ein Rufen verwandelt.

»Da kommt er, Jacqueline!«, rufen sie. »Er ist da!«

Und tatsächlich. Der Schamane ist angekommen und spaziert langsam und erhabenen Schrittes durch den Wald. Jeder Schritt ist ein Ausrufezeichen der Bedeutsamkeit, und er blickt streng, aber gleichzeitig gütig in die Gesichter der Menschen, die nun herbeieilen und seinen Weg zur Lichtung säumen. Um die Stirn hat er ein dickes Tuch gewickelt, in dem lange Federn stecken, sein Oberkörper ist bis auf ein helles, mit Türkisen besticktes Lederlätzchen unbekleidet. Eine aus dem gleichen Material gefertigte Schürze verdeckt seinen Schambereich, und links und rechts hält er in beiden Händen lange Stöcke, an deren Enden gigantische Traumfänger baumeln, sogenannte *Dreamcatcher*, die es an Autobahnraststätten zu kaufen gibt und die hinter den Frontscheiben von Lkws zu bewundern sind.

Der Schamane tritt nun auf die Lichtung, und als er mich im Vorbeilaufen ehrwürdig anblickt, erkenne ich ihn sofort. Es ist Madame Schuschu, alias Ernst Kreitlmeyer, städtischer Angestellter beim Standesamt und hier wiederum in neuer Mission unterwegs.

Als er mich erkennt, bleibt er wie angewurzelt stehen, sein Mund öffnet sich und seine Augen verengen sich zu

Schlitzen. Dann fängt er sich wieder und kommt langsam auf mich zu. Ein Raunen geht durch die Menge.
Was hat das zu bedeuten?
Sein Gesicht ist nur wenige Zentimeter von meinem entfernt, an seinem Hals schwillt, wohl vor Ärger, eine Ader an, und dann zischt er durch zusammengepresste Zähne: »Halt bloß dein Maul! Verstanden?«

Jacqueline und Püscha warten bereits in der Mitte der Lichtung, und Püscha ruft begeistert: »Er hat mit Marc gesprochen!«

»Du Glückspilz!«, ruft auch Jacqueline und schaut mich ehrfurchtsvoll an.

Zur eigentlichen »Vermählung« müssen sich die Anwesenden in möglichst gleich großen Gruppen in alle vier Himmelsrichtungen verteilen. In Ermangelung eines Kompasses muss improvisiert werden. Jacqueline und Püscha stehen in der Mitte, direkt vor Madame Schuschu, der beide Stöcke mit den daran baumelnden Dreamcatchern gen Himmel reckt und dabei unverständliches Zeug brabbelt. Zusätzlich hängt ein vor sich hin rauchendes Gefäß, eine Art Urne, um seinen Hals, und er muss ständig husten, weil ihm der beißende Rauch beharrlich in Augen und Nase steigt. In regelmäßigen Abständen brüllt er: »Und wer sind die Zeugen?«, woraufhin alle Hochzeitsgäste außer mir im Chor rufen: »Die Geister des Windes, die Engel des Waldes, die Früchte des Bodens sind Zeugen!«

Woher kennen die alle den Text? Ich habe das noch nie gehört!

Die Prozedur dauert fast dreißig Minuten, und nachdem Püscha dem Schamanen einige Geldscheine überreicht hat, gesellt sich Madame Schuschu zu den Gästen und feiert mit. Alle gratulieren dem Paar überschwänglich, fast so, als hätten die beiden tatsächlich geheiratet.

Gegen Abend wird vegetarisches Essen auf großen Decken ausgebreitet und die Feuer werden entzündet, wobei ich mich mit meinem Feuerzeug nun doch immer größerer Beliebtheit erfreue. Man drückt mir einen Ziegendarm mit selbstgebrautem Bier in die Hand. Nach dem ersten Schluck übergebe ich mich kurz und heftig und versuche es dann mit selbstvergorenem Traubensaft, den sie euphorisch als Wein bezeichnen. Er schmeckt grässlich. Nach roter Beete und Moos.

Es ist bereits dunkel, als Nadja und Ngububu eintreffen.

Ich habe mit Nadja vereinbart, dass wir dem armen Kerl die Hochzeitszeremonie ersparen wollen und die beiden deshalb erst zur abendlichen Feier auftauchen sollen. Sie werden euphorisch begrüßt, besonders Ngububu, dessen Leidensweg sich mittlerweile natürlich herumgesprochen hat. Vor allem die Frauen schauen ihn an wie einen Helden. Und irgendwie haben sie ja recht. Aber auch meiner Frau, die den kleinen Thomas-Max im Tragetuch vor sich her schleppt, fliegen alle Sympathien zu, als wäre sie Teil einer großen, freigeistigen Familie.

»Toll, dass Ngbubu bei dir, also bei euch wohnen kann. Ganz toll!«, sagt eine Frau mit vertrockneten Herbstblumen im Haar zu Nadja.

Pure positive Energie, Küsschen links, Küsschen rechts.

Ngububu weiß offenbar nicht so recht, worum es hier überhaupt geht, dennoch gesellt er sich sofort zu denen, die sich um das große Hauptfeuer mitten auf der Lichtung gruppiert haben, schnappt sich breit grinsend eine Bongotrommel und schlägt gekonnt darauf ein. Von überall kommen sie herbeigelaufen mit ihren Schlaginstrumenten und stimmen in seinen Rhythmus ein.

Funken stieben aus den glühenden, knackenden Holzscheiten des gewaltigen Feuers in die Nacht.

Nadja ist sehr gut gelaunt in letzter Zeit, das fällt mir auf. Oder bilde ich mir das nur ein, einfach weil ich mein Leben als immer bedrückender empfinde und sich der emotionale Raum zwischen ihrem und meinem Lebensgefühl vergrößert? Nein. Sie hat sich wirklich gefunden mit ihrer alternativen Babygruppe in der Filiale, den ökologischen Diskussionsabenden und den daraus abzuleitenden Veränderungen für ihr und mein alltägliches Leben (seit vorgestern wird bei uns keine Kuhmilch mehr gekauft). Ich betrachte Nadja, wie sie so dasteht, im Schein der Flammen, ein Lächeln auf den Lippen und unseren kleinen Sohn vor den Bauch gebunden, und ich gönne es ihr und beneide sie fast. Beneide sie darum, wie sie sich auf dieses in jeder Hinsicht neue Leben eingelassen hat, wie sie es aufgesaugt und verinnerlicht hat, und ich würde es auch so gerne können, wäre so gerne zufrieden und glücklich mit allem. Und engagiert. Und begeistert. Aber ich bin es nicht. Ich kann es nicht.

Aus irgendwelchen rätselhaften Gründen kann ich es nicht.

Ich stiere sehnsüchtig ins Feuer, und kurz darauf werden psilocinhaltige Düngerpilze verteilt, genauer gesagt getrocknete spitzkegelige Kahlköpfe, auch Psilos genannt.

Ich stopfe mir ein paar davon in den Mund, und rund zwanzig Minuten später schlage ich wie in Trance auf eine Bongotrommel ein, das Gesicht und den nackten Oberkörper mit intensiver Indianerbemalung aus Holzkohle verziert, und bin dabei der Vortänzer für die komplette Hochzeitsgesellschaft, die johlend meinen aufreizenden Befruchtungs- oder Fruchtbarkeitstanz (ich weiß selber nicht so genau, was nun) nachahmt.

Auch der transvestitische Schamane aus dem öffentlichen Dienst Ernst Kreitlmeyer hat offensichtlich einige Psilos geschluckt, denn er brüllt mir zum zweiten Mal innerhalb weniger Wochen »Voulez vouz coucher avec moi?« ins Ohr. Alle tanzen wie von Sinnen, und das Feuer lodert wie in einem verschmierten Zerrspiegel.

Etwas später am Abend lerne ich dann auch die Kehrseite der spitzkegeligen Kahlköpfe kennen. Ich sitze mit einem Kupferkessel über dem Kopf und eine Axt umklammernd an einen Baumstamm gelehnt und zittere wie Espenlaub. Ich habe ernstzunehmende Todesängste, weil ich ununterbrochen und abwechselnd an diverse Horrorfilme denken muss und davon überzeugt bin, dass dieser Wald verhext ist und ich nie wieder aus ihm herausfinden werde und dass mir verrückte dämonische Halbwesen meinen Kopf abschneiden und mich abgesehen davon gleich sämtliche Pflanzen vergewaltigen wollen.

Indianer. Fruchtbarkeitstanz. Vergewaltigung durch Pflanzen.

Wie gesagt: Jacquelines und Püschas Hochzeit hat absolut nichts zu tun mit einer anständigen, normalen Hochzeit.

Meine Hochzeit

Nadja und ich haben eine anständige, normale Hochzeit gefeiert.

Es begann direkt mit dem eigentlichen Höhepunkt einer jeden Hochzeit, dem Polterabend. Hierzu wurden, nach altem Polterabendbrauch, die engere und erweiterte Familie, der engere und erweiterte Freundeskreis und sogar Personen eingeladen, die eher unter der Rubrik *Bekannte, Kumpels, Nachbarn* oder *Sonstige* gelistet werden. Meine zukünftige Braut beschwor bereits Wochen vor dem Fest jeden Gast in intensiven Einzelgesprächen, dass es sich zwar um einen Polterabend handelte und alle ganz doll Spaß haben sollten, dass aber auf keinen Fall und unter gar keinen Umständen Teller oder Tassen oder andere Keramikgegenstände mitgebracht und vor dem Haus zertrümmert werden durften. An besagtem Tag erschien dann ein jeder mit diversen alten Kloschüsseln und Waschbecken, Dachziegeln, Kacheln und Spiegeln, möglichst auf offene Anhänger geladen, die dann nacheinander rückwärts vors Haus manövriert und unter lautem Johlen entladen wurden. Raphael brachte sogar das Kunststück fertig, eine komplette Duschkabine herbeizukarren. Wie auf Polterabenden so üblich, entwickelte sich auch bei uns ein rauschendes Fest, in dem sogar kleinere Schlägereien nicht ausblieben.

Dem Polterabend folgte in gebührendem Abstand von vierundzwanzig Stunden der eigentliche Hochzeitstag mit der standesamtlichen Hochzeit. Hierzu luden wir nur den engeren Familienkreis und den engsten Freundeskreis ein, und alle trafen sich im entsprechenden städtischen Verwaltungsgebäude und warteten zusammen mit anderen heiratswilligen Pärchen und deren Familien und Freunden in einem langen, engen Gang, an dessen Wände in unzureichender Anzahl herunterklappbare Plastikschalensitze montiert waren. In der stickigen und angespannten Atmosphäre kommt es gerne zu Streitereien zwischen den wartenden Familienclans, was sich an diesem Tag etwa so anhörte:

»Wir sind jetzt aber dran!«

»Unser Termin war aber schon um zwölf Uhr dreißig, wir warten schon länger als Sie!«

»Dann räumen Sie wenigstens einen Plastikschalensitz für unserer Großmutter, sie ist immerhin schon siebenundachtzig!«

»Unsere Großmutter ist dreiundneunzig und hat Auschwitz überlebt. Hier wird gar nichts geräumt, ganz sicher nicht!«

In einem lieblos auf Festlichkeit getrimmten Zimmer

saß dann ein bereits tausendfach in dieser Funktion in Anspruch genommener und daher über alle Maße gelangweilter Standesbeamter, der konzentriert versuchte, unsere Namen fehlerfrei von einem Formular abzulesen. Wie allgemein üblich fungierten zwei unserer engsten Freunde (ein Männlein und ein Weiblein) als Trauzeugen. Das Männlein, also Raphael, machte standesgemäß einen Witz über die angebliche Nichtauffindbarkeit der in seiner Obhut befindlichen Hochzeitsringe. Nadja befand sich zu diesem Zeitpunkt bereits im Zustand grenzenloser Aufgelöstheit und fing augenblicklich an, hysterisch zu heulen, selbst als Raphael die Ringe binnen Nanosekunden aus seiner Jacketttasche beförderte und dabei: »Natürlich hab ich sie! Hier sind sie doch!« rief.

Nach der standesamtlichen kann optional die kirchliche Hochzeit angehängt werden, die jedoch oft aus Kostengründen entfällt. Nicht so bei uns, denn die für sich genommen völlig bedeutungslose Zeremonie hat für meine Frau schlichtweg einen enormen emotionalen Wert, und so ließ Nadja keine sachlichen Argumente gelten. Wir haben also die kirchliche Trauung in den Hochzeitstag integriert, ein beliebtes und praktisches Arrangement. Hierfür nahmen wir es auch gerne auf uns, kurzfristig wieder in die Kirche einzutreten.

Sicherlich kamen erst in der Kirche das Weiß des Hochzeitskleides und meine Verkleidung so richtig zur Geltung. Abends wurde dann anständig gefeiert, und tags darauf sind wir nach Cancún geflogen. Dort hatten wir trotz bereits sichtbarer Schwangerschaft zunächst täglich wilden Sex und lagen ansonsten faul am Strand herum und schlürften Cocktails aus Plastikbechern. Schön war das. Richtig schön. Vierzehn Tage später waren wir zu Hause und sind plangemäß wieder aus der Kirche ausgetreten.

drei

Links neben meinem Holzhaus steht ein großer
Killer Fig Tree. Sein Stamm ist hohl und sieht aus
wie ein locker geflochtenes, gigantisches Seil.
An manchen Stellen kann man hindurchblicken
auf den tiefblauen Ozean dahinter. Ich betrachte
ihn gerne, wie er sich dort in den Boden krallt,
ein stiller Protest gegen die Schwerkraft und den
steil abfallenden Hang. Der *Killer Fig Tree* ist der
perfekte Schmarotzer, ein vollkommen konsequentes Gewächs. Sein unverdaulicher Samen wird
von einem nichtsahnenden Vogel in die Krone eines
prächtigen Baumes defäkiert und beginnt sofort
zu keimen. Im Laufe von Jahrzehnten wächst
der Parasit nun Stück für Stück an seinem Wirtsbaum herunter, umgreift ihn mit immer kräftiger
werdenden Astschlingen, entzieht ihm Wasser und
Nährstoffe und treibt sich schließlich wurzelbildend
in den Boden, bevor er seinen verrottenden Wirt
schlussendlich vollständig erdrückt.

Es ist ein Sinnbild für das ganze Leben.
Darum geht es doch, oder? Erdrückt werden. Oder selber drücken.
Oder einfach loslassen.
Mein Dreiwochenbart juckt. Mittlerweile sehe ich irgendwie aus wie Jesus.
Jesus mit Sonnenbrille.

Unfassbar

Gekündigt! Noch während der Probezeit!

Hier, direkt vor mir auf meinem Schreibtisch liegt der Brief, schwarz auf weiß, unterschrieben von Arnulf und Almut, ohne Angabe von Gründen.

Was bilden sich diese ÖkoarschlöcherInnen eigentlich ein! Ich will keine Sekunde länger hierbleiben, klaube an meinem Arbeitsplatz schnell meine persönlichen Dinge (einen Kugelschreiber, vier Eurostücke, zwei Zehncentstücke) zusammen und verlasse den Raum im Laufschritt.

Auf dem Flur pralle ich fast mit Jacqueline zusammen, die den Kopf schief legt und verständnisvoll: »Sorry, Marc. Ich wusste es schon seit gestern« säuselt.

Mir fehlen schlichtweg die Worte, und so brülle ich nur: »Jacqueline! Hör mit dem Scheiß-Chanten auf! Hör auf damit!«, und renne weiter.

Einem ersten Impuls folgend will ich mich direkt in die nächste Kneipe begeben und ganz viel Alkohol trinken. Doch dann besinne ich mich.

Ich muss nach Hause. Zu meiner Frau. Zu meiner Familie.

Sicherlich werden uns schwere Zeiten bevorstehen, vor allem die Hypothek macht mir große Sorgen. Meine Schwiegereltern werden mich in der Luft zerreißen.

Komischerweise habe ich mehr Angst vor der Reaktion meiner Schwiegereltern als vor Nadja. Nadja macht in letzter Zeit einen so ausgeglichenen Eindruck, was natürlich mit ihrer Entwicklung hin zu einem ganzheitlichen Wesen, einer starken Frau, ausgelöst durch die Diskussionsrunden und Vorträge der Kindertagesstätte, zu tun hat.

Sie wirkt so erfüllt, teilweise fast euphorisch. Trotz ihres enormen Übergewichts beschreitet sie ihren Weg konsequent, und das ist natürlich auch gut so.

Für eine gelassene und in sich ruhende Ehefrau nehme ich ihre Fettpolster, ihren vollständig behaarten Venushügel, ihre Kochkünste mit Tofu und Naturkost, ihre Schokoladensucht und Fressanfälle, die Räucherstäbchen und die ständig auftauchenden Engelflüsterer und sogar tägliche Diskussionen über strahlungsarme Telefone und Naturdämmstoffe gerne in Kauf, gerade in meiner augenblicklichen Situation. Während die U-Bahn die unterirdischen Kanäle verlässt und sich Meter um Meter nach oben ruckelt, habe ich sogar kurz die Vision, aus dieser Niederlage auch Kraft schöpfen zu können. Und vielleicht würde diese Kraft sogar die aus den Fugen geratene Beziehung zwischen Nadja und mir wieder festigen.

Was mich dann allerdings zu Hause erwartet, ist ein Albtraum.

Als ich die Haustüre aufschließe, liegt eine seltsame Stille in der Luft. Es ist zu ruhig. Auch Robbi macht keinen Mucks, blickt mich nur von unten mit seinen herzerweichenden Kulleraugen an und robbt über den feuchten Garagenboden zurück auf seinen Reifenstapel. Irgendetwas stimmt hier nicht, das spüre ich sofort. Ein Einbrecher? Ein Todesfall in der Familie? Eine offene Gasleitung?

Ich schleiche die Treppenstufen hoch und finde das Wohnzimmer und die Küche menschenleer. Der Fernseher läuft ohne Ton.

»Hallo?«, flüstere ich. Keine Antwort.

Ich schleiche weiter nach oben, in die zweite Etage. Aus dem Kinderzimmer ist kein Laut zu hören, die Tür zum Elternschlafzimmer steht allerdings einen Spaltbreit offen, und jetzt höre ich auch Stimmen, die leise und vorsichtig sprechen.

Eine weibliche Stimme, flüchtig kokett, dabei drängend und schnurrend, und eine männliche Stimme, eher abwiegelnd, unsicher, mit dem leicht albernen Unterton, der versucht, tiefe Scham zu überspielen.

Ich linse durch den Türspalt, und obwohl ich im Grunde schon weiß, was mich erwartet, erfüllt mich der Anblick mit lähmendem Entsetzen und der Schweiß bricht mir aus. Nadja und Ngububu sitzen turtelnd auf dem Bett. Ngububu hat die Füße auf dem Boden und gerade eine Hand erhoben, ich sehe das rosige Weiß seiner Handfläche, während Nadja hinter ihm sitzt, ihn mit ihren dicken Beinen umschlingt und sich an ihn schmiegt.

»... mindestens schon sechs Monate her, seit Marc mich das letzte Mal überhaupt angefasst hat, stell dir das mal vor«, höre ich sie jetzt sagen.

»Trotzdem, isch weiß nischt«, entgegnet Ngububu leicht abwehrend. »De kommt mir not fair vor. De Marc is doch ... he is a nice guy, und ...«

Auch Ngububu scheint zu schwitzen, ich erkenne Schweißränder im Achselbereich seines neuen T-Shirts. Ach, von wegen *seines*! Mein T-Shirt ist das! Ich habe es ihm vorgestern erst geschenkt! Und nicht nur das! Zwei Jeans, vier T-Shirts, einen Wollpullover und ein Päckchen mit sechs nigelnagelneuen H&M-Unterhosen habe ich ihm überreicht. Nadja schlägt nun einen bewusst leichtfüßigen Ton an und wispert: »Mach dir nicht so viele Gedanken! Lass uns doch nur ein bisschen ...«

Dann drückt sie ihre Lippen auf seine.

Genug ist genug! Das gibt es doch bitte nur im Kino!

In mir kocht eine unzähmbare Wut hoch und macht sich Luft in einem lauten, unkontrollierten Schrei, der leider viel zu hoch ist, um männlich und bedrohlich zu wirken, was meinen Zorn nur noch mehr steigert.

Die beiden bemerken mich endlich und starren mich an, und auch Nadja fängt augenblicklich an zu kreischen.

Ich verliere vollständig die Kontrolle über meinen Körper und stürze mich mit einem: »Ihr undankbaren

Säue!« auf die beiden, und Ngububu steht mit großen Augen vor mir, hebt abwehrend die Hände vor die Brust und ruft: »Marc! No, no, no!«.

Es entbrennt ein wildes Gerangel, und irgendwann rollen wir übereinander aus dem Schlafzimmer hinaus, ich habe seine krausen Haare gepackt, mal ist er über mir, mal unter mir (sicherlich sieht es absolut jämmerlich aus), und gerade als ich in seinen Unterarm beißen will, verliere ich den Halt, und wir fallen ins Nichts und stürzen gemeinsam die Treppe hinunter.

Nadja steht schreiend auf der obersten Stufe, mein Kind ist aufgewacht und brüllt, und aus dem Untergeschoss bellt lautstark unser Seehund.

Man könnte die Situation kaum noch als normalen Familienalltag darstellen, wenn nun unerwarteter Besuch käme.

Ich rappele mich hoch, kauere kniend und mit einem stechenden Schmerz im Rücken vor Ngububu, dessen Kopf seitlich verdreht ist. Er blickt mich mit glasigen Augen an, und ein Spuckefaden spannt sich zwischen seiner Unterlippe und den weißen Fußbodenkacheln, und dann sehe ich das Blut. Eine winzige Pfütze, die sich hinter seinem rechten Ohr ausbreitet, aber für mich ist sie so groß wie das Mittelmeer. Mit einem Mal wird es ganz still um mich herum, ich fühle mich wie in Watte gepackt. Schwach und leer, als würde ich nur noch aus Luft bestehen. Ich höre meinen Herzschlag.

Bummbumm. Bummbumm. Ngububu atmet schwer, und es kostet ihn Kraft, einige Worte hervorzubringen, ich muss mein Ohr nah an seinen Mund halten.

»Isch wollte nischt, I mean ... Isch hätte nischt! Marc! My friend.«

»Du hast ihn umgebracht!«

Nadja ist inzwischen die Treppe heruntergeeilt und keift mich an.

Drei oder vier Mal schreit sie: »Du hast ihn umgebracht! Einfach umgebracht!«, und ihre Stimme überschlägt sich dabei. Dann wird sie ohnmächtig und sackt in sich zusammen und schlägt dabei überflüssigerweise noch mit dem Kopf auf dem gusseisernen Treppengeländer auf.

Ich flüstere »Scheiße, verdammte Scheiße«, stehe mitten im Wohnzimmer und versuche nachzudenken, was mir allerdings einfach nicht gelingen will. Mein Puls rast, mein Magen rebelliert, ich habe furchtbare Kopfschmerzen und einen grässlichen Zitteranfall.

Denk nach! Denk nach! Denk nach!

Endlich fällt mir etwas ein.

Es gibt nur eine Möglichkeit: Ich muss verschwinden! Flüchten!

Ich ziehe Nadja in die Vorratskammer und schließe von außen ab.

Ich eile – immer drei Treppenstufen auf einmal erklimmend – hinauf und stoße die Tür zu Thomas-Max' rosa Kinderzimmer auf. Dann reiße ich das Fläschchen mit frisch gezapfter Muttermilch aus dem Warmhaltegerät *(Ökotherm! Mit sanfter Erwärmung und Temperaturkontrolle für ein glückliches Baby!)*, und mein Sohn beginnt sofort, genügsam zu saugen.

Ich wasche mir die Hände, suche meinen Reisepass und leere meine Sporttasche aus. Anschließend wähle ich die Notrufnummer, werfe dem Seehund beim Hinausrennen noch ein paar Fischstäbchen zu, und gut fünfundzwanzig Minuten nachdem ich ausgestiegen bin sitze ich wieder in der U-Bahn Richtung Innenstadt.

Flucht

Ich hetze aus der U-Bahn-Station zu meiner ehemaligen Arbeitsstelle, und nachdem ich diverse muslimische Frauen fast umgerannt habe, betrete ich den stickigen Hausflur. Doch anstatt die Treppe nach oben zu nehmen, stürme ich in den Keller.

Ich weiß genau, wo ich hinwill: Zu Arnulfs kleinem Geheimversteck.

Nicht mit mir. So leicht kriegt ihr mich nicht.

Ich zerre den zum Bersten mit Unterlagen vollgepackten Leitzordner aus der Lücke zwischen Mauer und hinterstem Regal hervor und renne nach oben, reiße die Tür vom Chefbüro auf und stehe wutschnaubend und völlig außer Atem vor Almut und Arnulf, die seelenruhig an ihren Schreibtischen sitzen, und nun erschreckt aufblicken.

»Momentchen mal, mein Lieber!«, sagt Almut nach

einer kurzen Konsolidierungsphase und legt ihren Kopf dabei angriffslustig in den Nacken. »Das war mir ja klar, dass das mit dir nicht stressfrei über die Bühne geht ...«

»Sei still!«, brülle ich sie an, und Almut zuckt vor mir zurück, fängt sich aber schnell wieder. »Du hast hier absolut nichts mehr verloren, Marc!«, erklärt sie zornig.

»Und wie ich hier etwas verloren habe, Almut! Du kannst dir gar nicht vorstellen, wie viel ich hier verloren habe, du fiese, hässliche, grauhaarige Kröte!« Treffer! Ihr Mund klappt auf, doch sie schweigt. Endlich schweigt sie, lediglich ihren hasserfüllten Blick muss ich ertragen.

Sehr gut. Totale Aggression. Das wirkt offenbar.

»Ich komme lieber gleich zur Sache«, stoße ich heraus und halte den geheimen Leitzordner in die Höhe, woraufhin Arnulf ganz blass wird. »Wisst ihr was hier drin ist? Hm? Arnulf weiß es ganz bestimmt, gell? Aber Almut. Weißt du es auch?«

Ich klappe den Ordner auf und fange an, wahllos darin herumzublättern. »So! Was haben wir denn hier? Ah! Die Bilanz der Freiburger *Ökovillage GmbH*. Und was steht hier? Erwirtschafteter Verlust im letzten Jahr: Neunmillionenvierhundertachtunddreißigtausend Euro! Interessant! Haben wir denen nicht gerade die Kredite verlängert? Aber bestimmt nicht mit diesen Zahlen hier, oder? Das kann ich mir kaum vorstellen.« Arnulf fängt an zu schwitzen, seine Stirn glänzt.

»Und was ist das hier, etwas weiter hinten?« Ich durchwühle den Ordner bis ich finde, was ich suche. »Das ist ja ein Fahrzeugbrief! Von einem Porsche Cayenne! Soso. Und was steht auf dem kleinen, gelben Zettel, der daran klebt? ›Viel Spaß mit Euerm neuen Firmenwagen! Liebe Grüße! Rainer.‹ Das ist doch nicht etwa Rainer von der *Ökovillage GmbH*, oder? Was meinst du, Arnulf?«

»Du bist so ein Idiot!«, sagt Almut jetzt resignierend zu Arnulf, der darauf etwas erwidern will, allerdings keinen Ton herausbekommt und sich in einer Art Übersprungshandlung den Kopfverband zurechtrückt.

»Oder hier!« Ich bin noch nicht fertig. »Eine ziemlich aktuelle Expertise zur Situation der Firma *Ökofoods & Biodrinks AG*. Ich darf kurz aus dem letzten Absatz zitieren: ›... dürfte das Geschäftskonzept der Firma als gescheitert gelten.‹« Ich strecke den Leitzordner triumphierend in die Höhe. »Und so weiter und so fort! In diesem Ordner befinden sich die Originalunterlagen von mindestens zehn absolut maroden Firmen, deren Kredite ihr verlängert oder sogar erhöht habt! Mit irgendwelchen gefälschten Unterlagen habt ihr alle getäuscht. Den Aufsichtsrat. Die Revision. Die Bankenaufsicht. Alle!«

Almut versucht, ihre Wut zu zähmen, dennoch überschlägt sich ihre Stimme. »Wir können über alles reden, Marc. Über alles, verstehst du ...«

»Ach ja? Worüber sollen wir denn reden, Almut? Vielleicht darüber, dass ich hier seit Wochen euer Laufbursche bin und eure Telefonistin? Dass bei mir zu Hause ein Seehund wohnt und seit Kurzem auch Jacquelines Bongolehrer, der in Mauretanien fast erschossen worden und im Mittelmeer fast ertrunken wäre und der jetzt leider in diesem Moment ...«

»Willst du den Cayenne, Marc? Du musst nur einen Ton sagen, dann ...«

»Du kannst dir deinen Cayenne sonst wohin stecken!«, brülle ich sie an und blicke zu Arnulf, der nun endlich auch seine Stimme wiederfindet. »Was willst du?«, fiept er.

»Es ist ganz einfach«, sage ich mit einigermaßen kontrollierter Stimme. »Ich will Geld!«

Arnulf ist immer noch aschfahl, seine Augen angstgeweitet.

»Du rufst jetzt sofort drüben in der Filiale an!«

»Hallo Jockel!«, rufe ich und trete an den Schalter heran.

»Hallo Marc! Ui! Du siehst aber verschwitzt aus. Geht's dir gut?«, fragt Jockel.

»Ja, ja. Alles klar! Ich komme wegen der Geldabhebung vom Arnulf. Ich soll die Moneten für ihn holen.«

Ich schaffe es, meine Schnappatmung zu kontrollieren und ein Mir-doch-eh-alles-egal-Gesicht zu machen.

»Ich weiß schon. Er hat gerade angerufen. Würde mich ja interessieren, wofür Arnulf so viel Geld auf einen Schlag braucht«, erklärt Jockel, während er viele, sehr viele Geldscheine vor mir auf den Bankschalter zählt. »Vor allem seinen Kreditrahmen schöpft er doch sonst nie voll aus. Na ja ...«

»Hm. Keine Ahnung«, entgegne ich. »Vielleicht will er ein Windkraftrad kaufen, im Sonderangebot, oder so.«

Ha! Immer noch einen Scherz auf den Lippen.

Jockel schaut mich irritiert an und zählt weiter.

Um knapp vierzigtausend Euro reicher stürze ich kurz darauf aus der Tür, hinaus ins bunte Treiben. Mit meinem hektischen Auftreten und den Schweißrändern unter den Armen falle ich überhaupt nicht auf zwischen all den Getriebenen, den Stadtstreichern, Kleinkriminellen und Geschäftsleuten.

Nur ein Taxi ist nicht in Sichtweite.

Keine zwanzig Meter von mir entfernt, auf der anderen Straßenseite, erblicke ich allerdings den lila-silbernen, tiefergelegten VW Polo und steuere mit festem Schritt darauf zu. Der Beifahrer ist ausgestiegen und steht vor einem Dönerladen, scheinbar um fetthaltigen Nachschub für seine blumigen Gesichtspusteln zu erwerben, die der Größe und Farbe nach mittlerweile ein eigenes Verdauungssystem aufgebaut haben dürften.

Ich stecke eine Hand in die Sporttasche, ahme mit meinem Zeigefinger den Lauf eines Revolvers nach und schwinge mich auf den Beifahrersitz.

»Fahr mich zum Flughafen, du schwule Sau!«

Der Junge ist von meinem Geschrei leider völlig unbeeindruckt und erweist sich somit als unkooperativ. Anstatt sofort loszufahren, reckt er tatsächlich den Hals, um einen Blick in meine Sporttasche zu erhaschen.

Mit einer unfassbaren gedanklichen Flexibilität ändere ich einige Verhandlungsparameter und ziehe einen Fünfhundert-Euro-Schein aus der Tasche.

»Fahr. Mich. Jetzt. Zum. Flughafen!«

Die drogendurchsetzten Augen fixieren den Schein, und er schnappt ihn sich.

Mein Kopf wird nach hinten geschleudert, Reifen quietschen, und der Junge sagt: »Für fünfhundert Euro fahr isch disch so schnell zu Flughafe, wie du noch nie zu Flughafe gefahre worde wärst.«

Am Flughafen dirigiere ich den mit einem Mal äußerst motivierten Fahrer zum internationalen Terminal. Es scheint den Jungen in keinster Weise zu stören, dass ich ihn kurz zuvor quasi entführen wollte. Vielmehr scheint er mir nun Respekt entgegenzubringen, auch wenn er auf der Autobahn sagt: »Hey, sah voll Scheiße aus, wie wo du vorhin dem Revolver nachgemacht hast.«

Kurz bevor ich aussteige, fixiere ich ihn entschlossen und sage: »Hör zu, Junge. Einen Gefallen musst du mir noch tun für die fünfhundert Euro.«

»Hey! Isch bin nisch schwul und bin kein Stricher, für tausend Euro würde ich vielleicht, sagen wir …«

»Hey! Hey! Hey! Kein Sex!«, beruhige ich ihn. »Ich will, dass du diesen Ordner direkt bei der Bankenaufsicht in der Börsenstraße 14 abgibst. Kannst du das machen?«

Er schaut misstrauisch. »Sind Sie von Polizei, oder was?«

»Geheimdienst!«, raune ich ihm beim Aussteigen zu und betrete eiligst das Terminal.

Kontinentalentscheidung

Mein Herz rast. Ich stehe keuchend vor der elektronischen Anzeigetafel in der Abflughalle und betrachte die in den nächsten zwei Stunden abgehenden Flüge.

Jetzt muss ich eine gute Entscheidung treffen, vielleicht die wichtigste meines Lebens, wenn dieser ganze Wahnsinn überhaupt noch zu retten ist.

Mist! In den nächsten fünfundvierzig Minuten gehen alle Flüge ausschließlich in europäische Großstädte. London. Paris. Amsterdam. Rom. Viel zu kurze Wege, viel zu gute Zusammenarbeit der unterschiedlichen Polizeieinheiten, einfach alles nicht weit genug weg von diesem Grauen.

In fünfzig Minuten geht ein Flug nach Seattle. Gut, Nordamerika ist grundsätzlich in Ordnung. Einigermaßen nette Menschen, ein bisschen dumm vielleicht, aber immerhin haben die Supermärkte Tag und Nacht geöffnet, und es gibt eine ganze Regalreihe nur für Chips. Allerdings sind die Amerikaner vollkommen zwanghaft, vor allem was die Kontrolle von Einreisenden angeht, und daher sind die Vereinigten Staaten doch keine Option. Der darauffolgende internationale Flieger geht nach Kapstadt.

Mit zunehmender Panik rasen meine Augen über die blinkenden Namen der Metropolen dieser Erde, und auf einmal bleiben sie kleben, werden magisch angezogen von einem Städtenamen, zu dem mir nichts, absolut nichts Negatives einfallen will: Sydney. Australien.

Abflug in einer guten Stunde.

Es soll also Australien sein. Beschlossene Sache.

Ich hetze zu den menschenleeren Schaltern von *Quantas* und stelle mich vor eine ältere Angestellte der Fluggesellschaft, die angestrengt auf ihren Computerbildschirm blickt und mich nicht beachtet. Nach einem lauten Räuspern (es ist fast schon ein feuchter Husten, ein Geräusch nicht weit von den Klangwelten des »Sich-Erbrechens« entfernt) schaut sie erschrocken auf, und ich gehe direkt in die Offensive.

»Ich muss unbedingt noch in den Flieger nach Sydney, also ich meine den Flieger, der gerade am Gate 17 boardet, den Flieger meine ich.«

Die Dame runzelt kopfschüttelnd die Stirn. »Da sind Sie jetzt wirklich viel zu spät dran, die Maschine startet in ...« Sie blickt auf ihre kleine Modeschmuckuhr am Handgelenk.

»Ich weiß! Ich weiß!«, bringe ich hervor. »Aber ich habe auch nur Handgepäck!« Ich deute auf meine labberige Sporttasche. »Vielleicht könnten Sie doch bitte einfach eine klitzekleine Ausnahme machen. Bitte!«

Sie lächelt milde und tippt auf ihre Tastatur, dann verzieht sie die Lippen, als habe sie auf dem Bildschirm etwas Unerfreuliches entdeckt, und das hat sie auch.

»Tut mit leid, ich habe keinen Sitzplatz mehr frei auf diesem Flug.« Sie tippt erneut eine Buchstabenkombination und sagt dann: »Übermorgen geht die nächste Verbindung und ...«

»Ich will aber nicht übermorgen, ich will jetzt, jetzt, jetzt sofort genau in dieses Flugzeug«, presse ich hervor und versuche, mich zusammenzureißen, damit daraus nicht ein unkontrollierter Schrei oder sogar eine Tätlichkeit erwächst, schließlich schlendern überall Sicherheitsbeamte umher.

Sie sieht mich verstört an, und mir wird klar, dass ich mich im Ton vergriffen habe. Ich setze alles auf eine Karte, senke die Stimme zu einem traurigen, schüchternen Raunen und sage: »Ach Gott. Es tut mir leid. Es ist nur ... wissen Sie ... es geht um eine Frau. Es geht um meine Frau und um die Freiheit und um die Gerechtigkeit und ... na ja ... Sie können ja nichts dafür, wie gesagt, es tut mir leid.«

Ich wende mich ab und gehe, suche mit den Augen die Halle ab nach den nächsten Sicherheitsbeamten, um mich in Gewahrsam nehmen zu lassen. Doch nach wenigen Schritten ruft sie mir hinterher: »In der ersten Klasse wäre noch was frei.«

Hm. Erste Klasse?

Ich trete langsam wieder an den Schalter heran und blicke die Dame hoffnungsvoll an.

»Ist natürlich nicht gerade günstig«, sagt sie und taxiert den Gesamtwert meiner alten Jacke, meines *Led-Zeppelin*-T-Shirts und der ehemals weißen Adidas-Treter.

»Brauchen Sie denn Hin- und Rückflug, oder Oneway?«, fragt sie dennoch weiterhin freundlich.

»One-way! Auf jeden Fall One-way«, gebe ich zurück. »Was soll das denn kosten?«

»Viertausendneunhundertfünfundfünfzig Euro wäre der One-way-Preis«, antwortet sie fast entschuldigend.

»Kann ich das bar zahlen?«, frage ich und fange an, in meiner Sporttasche zu wühlen, und während ich dort wühle, sagt sie: »Sie wissen aber, dass Sie ein Visum brauchen, für Australien.«

Ich erstarre augenblicklich zu einem unbeweglich dampfenden Block aus Trockeneis. »Vi... Visum?«, bringe ich schließlich hervor.

»Kein Problem!«, lacht sie. »Ich drucke Ihnen noch

eins aus, geht doch heute alles ganz schnell übers Internet! Und kostet noch nicht mal was extra für unsere *First-Class-Kunden.*«

Kurz darauf will ich im Duty-free-Shop noch eine Stange Marlboros kaufen, als mich eine unvermittelt vor mir stehende Angestellte des Geschäfts ungefragt mit einem ekelhaft riechenden Herrenparfüm bespritzt, und ich bin so aufgeregt und hektisch, dass ich ihr aus einem unkontrollierten Reflex heraus fast eine Ohrfeige gebe.

So aufgeregt bin ich.

Flugängste

Zaghaft betrete ich das Flugzeug und werde direkt nach links gelotst, eine Treppe hinauf, und dort führt mich eine wahnsinnig schöne braunhaarige Flugbegleiterin zu meinem Platz. Ich bin vollkommen überwältigt, vergesse sogar kurzfristig meine Situation, denn die erste Klasse in einem Jumbojet ist eine großartige menschliche Errungenschaft, wenn nicht sogar die gigantischste Erfindung, die im technischen und auch im gesellschaftlichen Bereich jemals gemacht wurde.

Technisch gesehen ist es einfach fantastisch, dass man in der ersten Klasse mit wenigen Knöpfen aus einem wahnsinnig bequemen Sessel ein wahnsinnig bequemes

Bett machen kann. Ich probiere es mehrfach aus, fahre meine Liegefläche surrend nach oben und unten, befördere mich in eine bequeme Halbliegeposition, um gleich darauf wieder mit quietschendem Leder in die normale Sitzposition zu gelangen und dann die gesamte Prozedur zu wiederholen. Beim vierten oder fünften Durchlauf spricht mich eine wahnsinnig schöne rothaarige Flugbegleiterin an, um mir unglaublich höflich mitzuteilen, dass man vor dem Start bitte die Sessel in der normalen Position belassen solle, und dass sich die anderen Gäste der *First Class* eventuell auch ein wenig gestört fühlen könnten, und ob ich nicht lieber einen Champagner trinken wolle.

Apropos Champagner. Gesellschaftlich gesehen liegt die einzig wahre Möglichkeit, auf der Erde etwas Besseres zu sein als alle anderen, ziemlich genau zehn Kilometer über dieser, nämlich hoch oben im Himmel, in der ersten Klasse eines Flugzeugs. Nicht, dass ich jemals darauf Wert gelegt hätte, etwas Besseres zu sein, aber während sich unter mir die schlachtviehartig zusammengepferchten Menschenmassen auf engstem Raum die Knie wundscheuern und sich wahrscheinlich im Minutentakt die Thrombosespritzen in die lebensgefährlich aufgequollenen Beine jagen, sitze ich hier oben in meinem Fernsehsessel und schlürfe Champagner. Bereits der zweite Schluck bleibt mir im Halse stecken, und ich verschlucke mich und fange an zu husten, und das lästige Gezittere geht wieder los. Eine neue Panikattacke durchflutet meinen Körper.

Was ist da gerade mit meinem Leben passiert?

Selbst als wir nach endlos langen Minuten endlich zur Startbahn rollen, blicke ich ununterbrochen aus dem Fenster und halte Ausschau nach dem Fahrzeug mit Blaulicht und Sirene, das versuchen wird, uns zu stoppen. Doch nach einer engen Kurve beschleunigt der Stahlkoloss ohne noch einmal abzubremsen und erhebt sich bebend und dabei doch anmutig vom Boden.

Nach dem Start begebe ich mich in die Halbliegeposition und versuche, mich zu entspannen, aber es ist zwecklos. Meine Gedanken rasen.

Was werde ich vermissen?

Das Wetter? Bestimmt nicht.

Meine Frau Nadja? Ein heißer Stachel der Enttäuschung bohrt sich zwischen meine Augen. Wie konnte sie mir das nur antun. *Selber schuld*, würde der gerechtigkeitsverliebte Raphael jetzt sagen. *Hast dich ja auch nicht mehr um sie gekümmert.* Ja, ja. Ich weiß.

Jetzt sehe ich sie vor mir. Im Fitnessstudio. Vor fünf Jahren. In Hotpants und bauchfreiem Oberteil stand sie an der Bar und schlürfte einen Energietrunk. Ich wollte einen Probetermin für ein Training ausmachen und stierte sie unverblümt an. Sie lachte und schäkerte mit dem Fitnesstrainer, und unsere Blicke kreuzten sich. Ich war wie vom Blitz getroffen, und kurz darauf nahm ich allen Mut zusammen und fragte sie nach kürzest möglichem Small Talk, ob sie mit mir ins Kino gehen würde. Sie machte große Augen und versuchte einen Moment lang, abweisend zu wirken, doch dann lachte sie und sagte: »Das ist ja wohl die blödeste Anmache, die ich je erlebt habe! Wie dreist ist das denn!«

»Ist das ein *JA*?«, fragte ich, und am Abend saßen wir mit einer geschmuggelten Flasche Sekt im Programmkino und schauten uns alle Teile des Klassikers *Die nackte Kanone* an, wobei wir ab dem zweiten Teil rumknutschten.

Auf einmal fällt mir Thomas-Max ein. Ich lege den Kopf in den Nacken, meine Augen brennen. Seit ein paar Tagen kann der kleine Scheißer lächeln. Wenn ich ihm meinen Zeigefinger in die Achselhöhle stecke oder mit meinem Mund seinen Bauch bearbeite, gluckst er zufrieden, und wenn ich dann noch »Kutschikutschikutschi« (oder etwas ähnlich Schwachsinniges) rufe, lächelt er verzückt.

Freunde? Wenn ich darüber nachdenke, fällt mir auf, dass ich gar nicht so wahnsinnig viele Freunde zum Vermissen habe. Natürlich wird mir Raphael fehlen. Ebenso Tim und Uwe, meine Jungs von *Three Rocks! Die besten Rocksongs der Siebziger!* Aber die anderen? Irgendwie hat doch keiner mehr so richtig Zeit, und wenn man sich gelegentlich trifft, bei einem Geburtstag oder einer Silvesterfeier, dann hat das immer etwas von einem Geschäftstermin, und man hört so komische Sachen wie: »Du, ich trink heute aber nichts, gell? Muss ja noch fahren und außerdem morgen früh raus, weißt ja ...« oder: »Echt toll, wie sich der Dax so entwickelt diesen Monat ...« oder auch: »Und dann bin ich da so schlimm gemobbt worden, dass ich in psychiatrische Behandlung musste, läuft immer noch, das Verfahren vorm Arbeitsgericht, ganz schlimm ...«.

Mord. Flucht. Erste Klasse. Champagner. Nadja. Thomas-Max. Freunde. Was ist nur los in meinem Kopf? Ich stehe kurz vor dem Ausbruch einer akuten Psychose, als mich eine wahnsinnig schöne blonde Flugbegleiterin fragt: »Ente auf Spargel oder die Filetspitzen?«

Australischer Wurstsalat

Die Flugzeit bis Singapur beträgt zwölf Stunden, und ich schaffe es, wahrscheinlich als einziger Flugpassagier keine Minute davon zu schlafen.
War das jetzt die richtige Entscheidung?
Was weiß ich eigentlich über Australien?
Ich krame in meinen Gehirnwindungen, in erster Linie um mich abzulenken, und kann tatsächlich einen unsortierten Sack allgemeinen Halbwissens zutage fördern.

Also: Das Landesinnere heißt *Outback* und ist rot und unwirtlich und Menschen, die man dort trifft, sind entweder Wahnsinnige oder Touristen. Oder tot. Denn in Australien verschwinden jährlich bis zu dreißig Rucksacktouristen (oder waren es dreihundert?) einfach ohne jede Spur.

Mit Ach und Krach Abitur geschafft und drei Monate Zeit bis zum Beginn des Studiums? Na. Da schauen wir uns doch mal Australien an! Und gerade noch von den

Eltern beim Abschied gedrückt und das tränenerstickte »Pass gut auf dich auf« der besorgten Mutter noch im Ohr, schwupps, schon stehst du mit einer Reifenpanne auf einer unbefestigten Straße und wirst von einem vollkommen wahnsinnigen Urururenkel eines in diese ehemalige britische Strafkolonie verfrachteten Massenmörders zerstückelt. So läuft das doch, im *Outback*.

Ich weiß noch mehr: In der Mitte von Australien steht ein riesiger roter Felsen, der *Ayers Rock*, gleichermaßen Wallfahrtsort für Japaner und oberstes Heiligtum der Ureinwohner Australiens, auch *Aborigines* genannt. Über die habe ich vor einigen Wochen sogar einen Bericht im Fernsehen gesehen, als ich nach dem Viertelfinale der *Stihl Timberland Weltmeisterschaft für Sportholzfäller* ein wenig herumzappte:

Vor abertausenden von Jahren ließen die Vorfahren dieser auf der Welt einmaligen Spezies ihre rudimentären Flöße im Süden Indonesiens zu Wasser, um nach vielen Fehlversuchen an der Nordküste des roten Kontinents zu stranden. Sie fanden ein reichhaltiges Angebot an Nahrung und hatten bis auf ein paar Reptilien zudem fast keine natürlichen Feinde, sodass sie voller Dankbarkeit eng mit dem Land verschmolzen und es auf den von Generation zu Generation weitergegebenen Traumpfaden durchstreiften. Sie führten ein harmonisches, friedvolles Leben im Einklang mit der Natur.

Damit war natürlich schnell Schluss, als die kampf- und trinkerprobten Briten das Land entdeckten, einen Großteil der Ureinwohner vergewaltigte und abschlachtete (oder umgekehrt) und den übrig gebliebenen Rest mit reichlich Alkohol versorgte. Folgerichtig sind heutzutage die meisten Aborigines herumlungernde Alkoholiker, die keinen Plan von Garnix haben, es sei denn, sie sind in einen Wiedergutmachungssozialplan gerutscht und arbeiten als öffentliche Beamte in einer Kfz-Zulassungsstelle.

So. Was noch? Massenhaft Kängurus. Haie. Krokodile. Spinnen. Schlangen. Sengende Hitze. Waldbrände.

Was zur Hölle will ich in Australien? Ich hätte mich vielleicht doch lieber für Island entscheiden sollen, aber jetzt ist es zu spät.

Bing!

Ich soll mich anschnallen. Der Pilot erwartet Turbulenzen.

Bei der Zwischenlandung in Singapur bin ich unglaublich müde und versuche, mich zu verstecken, indem ich mein Bett so weit wie möglich hinunterfahre und mich dann flach wie eine Flunder mache unter meiner kuschelweichen *Quantas*-Bettdecke. Ich werde allerdings von der Putzkolonne entdeckt und muss wie alle anderen auch das Flugzeug verlassen und zwei quälende Stunden im Transitbereich überbrücken.

Weitere ebenso quälende acht Stunden dauert der Weiterflug nach Sydney, aber irgendwann landet der stählerne Riesenvogel und entlässt seine verschwitzte Fracht aus Fleisch und Blut auf das Rollfeld. Ich blicke mich übermüdet um und erwarte nach wie vor eine internationale Polizeieinheit mit gezückten Waffen als Empfangskomitee. Über grauen Asphalt laufe ich in der flirrend heißen Luft zum Flughafenbus, der uns zum Hauptgebäude bringt. Mein Herz rast. Kurz darauf stehe ich mit zitternden Knien in einer der langen Schlangen vor den Einreiseschaltern und umklammere meine violett-schwarze Sporttasche, jedenfalls so lange, bis mir auffällt wie wahnsinnig auffällig es aussieht, wenn jemand mit zitternden Knien in der Schlange vor dem Einreiseschalter steht und eine violett-schwarze Sporttasche umklammert. Ich atme tief durch und überlege mir allerlei Antworten auf die Fragen, die gleich auf mich hereinprasseln werden, allerdings bemerke ich gleichzeitig, dass die Passagiere vor mir recht schnell abgefertigt werden. Im Grunde ist das keine Warteschlange sondern eher eine Wir-bewegen-uns-zügig-nach-vorne-Schlange, und als nur noch drei Mitreisende vor mir sind, kann ich den Zollbeamten erkennen, und mir wird sofort klar, dass sich der Mann in einem desolaten Zustand befindet. Entweder hat er gestern heftig getrunken oder seine Frau hat ihn verlassen (und die Kinder mitgenommen) oder beides zusammen oder in umgekehrter Reihenfolge. Jedenfalls sieht er kaum einen der vor ihm stehenden Menschen an, nimmt nur mürrisch die Reisepässe nebst Einreisegenehmigungen und die ausgefüllten Fragebögen entgegen, in denen jeder Einreisende versichert, noch niemals im Leben Drogen ausprobiert zu haben. Außerdem schwört man mit seiner Unterschrift, nicht mit dem Aidsvirus infiziert zu sein und keine agrarischen Produkte einzuführen.

Als ich an der Reihe bin, blickt er mich kurz an, und mir gelingt ein kleines, touristisches Lächeln. Sein Gesicht erinnert mich spontan an den selbst gemachten Wurstsalat meiner Großmutter, so weiß und fleckig und feucht ist es. Er drückt einen Stempel in meinen Pass und murmelt etwas von »Have a nice stay«.

Very good car

Meine zweite Chance. Immer noch und seit mittlerweile vierundzwanzig Stunden liegt mein Puls bei hundertsechzig. Die Luft außerhalb des Flughafengebäudes ist schwül und heiß, und ich gehe zum nächstgelegenen Taxistand.

»Center of town, please!« Als Erstes muss ich natürlich zu einer Bank.

Die Fahrt dauert fünfundzwanzig Minuten, und im Taxi läuft die Klimaanlage auf Hochtouren, sodass es fast so kalt ist wie daheim in Deutschland. Der Taxifahrer ist gesprächig, erzählt von russischen Frauen, die besser seien als die asiatischen, weil die asiatischen Frauen zu faul geworden seien, die russischen wüssten noch zu putzen und zu kochen ohne sich zu beschweren, und dass viele seiner Bekannten jetzt lieber russische Frauen wollten. Ich sage nicht viel dazu, bin völlig verwirrt, nicke nur wissend mit dem Kopf und endlich sind wir in der lebhaften Stadtmitte.

Nach einer kurzen Orientierungsphase schlendere ich im Versuch, möglichst seriös auszusehen, in den Schalterraum der nächsten Bank.

»How many Euros can I change into Australian Dollars?«

Der junge Mann mit kurzgeschorenem Haar hinter dem Schalter hat mich sehr wohl verstanden. Dennoch tut er ein bisschen verdutzt, bevor er mich fragt, wie viel ich denn eintauschen wolle. Ich will den Bogen nicht direkt überspannen und sage: »Äh, thirtyfivethousand.«

Er lächelt und bespricht sich kurz mit einem Kollegen etwas weiter hinten an einem Schreibtisch. Als er wieder zu mir kommt, versichert er mir, dass es keine Probleme gebe, »no worries«, ich solle ein wenig warten, ob er mir einen Kaffee bringen könne. In dem Moment werde ich im Augenwinkel gewahr, dass der Mann, mit dem er gerade gesprochen hat, relativ hektisch und mit vor Konzentration zusammengekniffenen Lippen eine Telefonnummer wählt und mich dabei ansieht. Ich drehe mich schnell um und verlasse die Bank, und auf der Straße beginne ich zu rennen, bis ich mir nach einigen Kreuzungen sicher bin, nicht verfolgt zu werden.

In der nächsten Bank versuche ich es mit zehntausend, und obwohl ich sehr aufgeregt bin, funktioniert es diesmal einwandfrei. Eine nette Frau blättert vor meinen müden und von der gekühlten Flugzeugluft trockenen Augen gut sechzehntausend australische Dollar auf die Theke. Und ein paar Münzen gibt es auch noch dazu. Das gleiche Spiel wiederhole ich noch in drei anderen Instituten, und nach einer Stunde habe ich gut 37.000 Euro in 61.510 australische Dollar getauscht. Bingo.

Ich fasse den weisen Entschluss, einfach in irgendeine Richtung geradeaus zu gehen. Immer wieder sehe ich mich hektisch um, kann aber nach wie vor keine Verfolger, keine mit Blaulicht heranrasenden Polizeiwagen, keine über mir kreisenden Helikopter ausmachen. Nach einiger Zeit habe ich die Hochhäuserschluchten der Innenstadt hinter mir gelassen, finde mich zunächst in einer leicht heruntergekommen Gegend mit vielen indischen Restaurants und später in einem Wohnviertel mit schmucken Häuschen wieder, bevor ich endlich eine breite Ausfallstraße entlanglaufe und schließlich das Ziel meiner Stadtwanderung erblicke: einen Gebrauchtwagenhändler.

Schon aus der Ferne fällt mir ein bulliger Wagen auf mit einer Ladefläche und großen, breiten Reifen. Ich beuge mich über die ausladende Motorhaube des Fahrzeugs und lese das von innen an die Windschutzscheibe geheftete Formblatt durch.

Vehicle	2003 FORD FALCON XH GLI
Price	$ 7.599
Kilometer	135.000
Body	2 door 2 seat PICK UP 4 WD
Colour	blue
Transmission	5 speed Manual
Engine	6 cylinder Petrol Multi-point injected 4.0 L (3984 cc) 169 hp

Reg Plate   1 BLJ 213
Damage   on left side

4 Wheel Disc Brakes
Body Coloured Bumpers
Power Steering
Radio/CD/USB + 2 Speakers

Das Gute an Autoverkäufern ist deren Berechenbarkeit, da es sich stets um unehrliche, nicht vertrauenswürdige und unangenehme Menschen handelt. Dies ist ein fast international gültiges Gesetz, und es manifestiert sich in dem eilig aus seinem Verkaufskabuff schnellenden, etwa fünfzigjährigen Mann, der mir zunächst die Hand schütteln will. Gleichzeitig lässt er die freie Hand mit einem blechernen Schmatzen auf die Motorhaube fallen und proklamiert stolz: »This is a very good car, mate. You have no worries.« (»Dies ist ein sehr gutes Auto, es gibt keine Probleme, kauf es, verdammt noch mal. KAUF ES!«)

Hochgewachsen und dickwanstig (allerdings nur im Profil, von hinten sieht er schlank aus), steht er vor mir, mit Koteletten und nach hinten geföhnter Haartolle, dazu Oberlippenbart, hellblaue Nylonhose, braune Lederslipper und beiges Jackett mit dunkelblauen Karos.

Ich betrachte den Wagen von allen Seiten, während der Mann unentwegt auf mich einredet, ohne dass ich seine Worte wirklich verstehe. Ich habe mich ohnehin längst entschieden, selbst als ich die verkratzte und vollkommen eingedellte linke Seite betrachte und unter abwiegelnden Worten des Autoverkäufers feststellen muss, dass sich die ramponierte Beifahrertür nicht mehr öffnen lässt.

»This was a kangaroo! Bloody kangaroos!«, sagt er und schiebt mich dabei ein wenig vorwärts, zu vorteilhafteren Stellen des Wagens. Ein Känguru soll das gewesen sein? Es sah eher nach einem Güterzug aus. Zumindest muss das Känguru einen riesigen Stahlhelm getragen haben und mächtig böse gewesen sein. Und außerdem: Seit wann rammen Kängurus Autos? Ich dachte immer, es sei umgekehrt. Eventuell handelt es sich ja um eine Art Gegenoffensive der Beuteltiere, aber es ist mir eigentlich auch egal, und ich sage einfach: »I take it.«

Er sieht mich an, als sei ihm die Heilige Muttergottes erschienen, und sein gerade noch automatisch vor sich hin labernder Mund bleibt halb offen stehen.

Die Formalitäten erledigen sich wie von selbst. Er fragt nach meinem Pass und Führerschein, überträgt einige Daten in ein Kaufformular, welches gleichzeitig die An- oder Ummeldung des Wagens für irgendeine staatliche Behörde ist, und händigt mir den Schlüssel aus.

Ich ärgere mich ein wenig, weil ich nichts habe, was ich auf meine riesige Ladefläche werfen kann. Schließlich ist das doch der Grund, warum man sich einen Pick-up kauft, oder? Man wirft etwas auf die Ladefläche und ruft: »Jo, Männer, los geht's!« Ich unterschreibe noch eine Minimalversicherung und fahre endlich los, raus aus der Stadt und dem Getümmel, hinein ins Ungewisse.

Der Wagen läuft einwandfrei, und im Handschuhfach

entdecke ich neben einer DIN-A4-Blatt-großen Landkarte (die allerdings den gesamten Kontinent abbildet) auch eine alte Streichholzschachtel. Als ich sie aufschiebe, entdecke ich, dass sie vollgestopft ist mit Marihuana. Sachen gibt's! Ich atme den schweren, süßlichen Geruch ein und muss seit Tagen zum ersten Mal wieder lächeln. Mit einem Schlag ertönt vor mir ein wildes, wütendes Hupen. Ich zucke zusammen und kann gerade noch das Lenkrad herumreißen, bevor mich ein aufblendender Truck fast zermalmt.

Alles klar: Linksverkehr.

Autowracks und Lederlappen

Ich fahre wie besessen. Hunderte, ja Tausende von Kilometern spulen sich unter meinen Reifen in die Vergangenheit. Zunächst ist die Umgebung noch hügelig und grün, doch bald wird es einsam und trocken.

Ab und zu taucht ein von Moskitos verseuchter Tümpel auf, dann liegt wieder ein totes Känguru am Straßenrand. Die Analyse der unterschiedlichen Verwesungszustände dieser Kängurus ist eine der wenigen Abwechslungen auf meiner Reise, und der am häufigsten anzutreffende Typus kann grob als *ausgeleierter Lederlappen mit Knochenresten und ein paar Zähnen* beschrieben werden.

Wie aus dem Nichts erscheinen von Schrotkugeln durchsiebte Ortsschilder, die an mir vorbeirauschen.

Ich durchquere eine unendlich eintönige Steinwüste, links von mir stürzt die schroffe Küste einige hundert Meter in den Abgrund, und wenn man sich nach vorn beugt, sieht man wütende Brecher gegen die Steilwand schlagen. Ein Schild verkündet, dass ich mich auf der längsten kurvenlosen Strecke des Kontinents befinde.

Die Nächte verbringe ich auf staubigen Campingplätzen oder hinter Tankstellen, in denen überraschend viele nach Schweiß und Kamel riechende Menschen Bier trinken und laut lachen. An manchen Abenden setze ich mich dazu und lache halbherzig mit, bevor ich bleischwer auf dem Beifahrersitz meines Wagens einschlafe. Meist wache ich im Morgengrauen mit steifen Gliedern auf, während die noch unsichtbare Sonne am Horizont einen goldenen Streifen zwischen Himmel und Erde zaubert, reiße mir eine Dose Cola auf und starte den Motor.

Nach einigen Tagen erblicke ich immer öfter grüne Büsche und kleine Wiesen, ein wenig später einen feuchten Bachlauf. Vereinzelte Blüten durchbrechen den roten Boden und weiten sich nach einigen Kilometern aus zu farbigen, von Insekten summenden Teppichen.

Die ersten richtigen Bäume tauchen auf, und von Papageien besetzte Telefonmasten begleiten nun die Straße, die zwischen Weideflächen kleiner, scheinbar verlassener Farmen entlangführt, und mit einem Mal erblicke ich vor mir in der Ferne ein leuchtendes Grün.

Die Luft im Wald ist angenehm kühl und riecht nach feuchter Erde, Moos und Rinde und mit etwas Fantasie kann man einen Hauch des Ozeans wahrnehmen, der irgendwo vor mir liegen muss. Mannshohe Farne und moosbedeckte Baumstämme beherrschen den Boden, gigantische Baumriesen wollen den Himmel berühren, und nur vereinzelt durchbrechen Sonnenstrahlen das dichte Laubdach.

Stunden später schimmert tiefes Blau zwischen den Baumstämmen hervor, und ich treffe auf eine einsame Küstenstraße. Am erstbesten von riesigen Felsbrocken durchzogenen Sandstrand fahre ich bis ans Wasser vor und stürze mich nackt in die Wellen.

Also, fast nackt.

Okay. Ich habe die Unterhose anbehalten. Man weiß ja nie, ob nicht doch jemand vorbeikommt, und außerdem finde ich FKK total ekelhaft, vor allem FKK-Altherren-Beachvolleyball. Ekelhaft.

Während ich am Strand entlangschlendere, trocknet mich die Sonne, und ich spüre einen deutlichen Siebentagebart im Gesicht. Die Farbe meiner Haut hat sich nach anfänglicher Rötung in ein dezentes Braun verwandelt, und ich fühle mich zugegebenermaßen richtig gut.

Ich krame die Streichholzschachtel hervor, baue mir relativ unbeholfen einen dicken Marihuanajoint und rauche ihn hustend.

Puh! Ist das lange her. Jugenderinnerungen werden wach. Meine Abiturparty. Raphael zieht an einem Joint und reicht ihn mir. Laute Musik. Raphael lacht Tränen über irgendetwas.

Ich sitze im Sand und merke zunächst gar nichts, aber

nach einer Weile stellt sich ein absolutes Hochgefühl ein, meine Füße schweben über dem Sand und mein Kopf in den Wolken. Die Geräuschkulisse um mich herum verschmilzt in meinen Ohren zur perfekten Symphonie. Das herrische Kreischen der Vögel aus dem Urwald jenseits der einsamen Straße, die tosende Brandung vor mir.

Ich beschließe, diese Küstenstraße nicht mehr zu verlassen, steige ins Auto und fahre weiter. Immer Richtung Westen.

Es ist früher Nachmittag, und in Erwartung des üblichen Rauschens mache ich das Radio an und erschrecke fast, denn es tönt Musik aus den Lautsprechern. Nicht allzu deutlich, aber es ist erkennbare Musik. Endlich wieder Musik.

Sie spielen *Ride on* von *AC/DC*.

In mir keimt der sehnliche Wunsch auf, nicht schon wieder eine Nacht in meinem Auto zu schlafen. Und entgegen der Aufforderung des Songs im Radio, kann ich auch nicht für den Rest meines Lebens durch die Gegend fahren und mich von Crackern und Tankstellen-Sandwiches ernähren. Oder etwa doch?

Einige Stunden später tauchen am rechten Straßenrand die ersten Wohnhäuser auf, hineingebaut in dichte Vegetation.

Mit ihren bunten Holzfassaden, Gardinen in den Fenstern und zum Meer hin angelegten Terrassen machen sie einen gemütlichen Eindruck. Ein Mann schraubt mit ölig-schwarzen Händen im Motorraum seines alten

Autos herum, blickt, als ich mit gedrosseltem Tempo vorbeifahre, kurz auf und hebt die Hand zum Gruß.

Am Strand wachsen zwei jugendliche Surfer ihre Bretter und ein Hund rennt eine Weile schwanzwedelnd neben mir her.

»Was für ein nettes, ruhiges Örtchen«, flüstere ich und stoppe auf einem Parkplatz, der von einigen kleinen Geschäften umgeben ist. In hellgelben Flachbauten reihen sich eine Metzgerei, eine Videothek und eine nur montags und dienstags besetzte Postfiliale um den menschenleeren Platz.

Irgendwie gefällt es mir hier. Vielleicht bin ich aber einfach angetan von der schlichten Existenz einer menschlichen Siedlung, und der wahrscheinlichste Fall ist, dass ich einfach keine Lust mehr habe, Auto zu fahren.

»IRIS« steht auf einem Schild über der geöffneten Tür eines kleinen Ladens, liebevoll von Hand mit grüner Farbe auf ein karminrotes Holzbrett gemalt. Und darunter: »Everything!«

Soso. *Alles* gibt es hier also. Ich spaziere in den vollgestopften Laden und greife aus reiner Gewohnheit nach einer Schachtel Cracker und zwei Sandwiches.

»Oh, unglaublich, ein Kunde, den ich nicht kenne.« Aus dem hinteren Teil des Geschäfts tritt eine Frau mit sonnengebleichten Locken und einem freundlichen Lächeln hervor. Sie zwinkert mir kurz zu.

»Ist das alles?«, sie deutet auf die Cracker und die belegten Toastbrote in meiner Hand und tippt die jeweiligen Beträge in ihre altertümliche Kasse.

»Neinä! Daas ihst niescht aalees«, würde ich jetzt

gerne mit französischem Akzent und einer tiefen, männlichen Stimme hauchen, sie mit einer Hand um die Taille an mich ziehen und mit der anderen nach ihren Haaren greifen, während sich unsere Lippen wie magisch anziehen, unsere Zungen ohne jeden Widerstand ein Liebesspiel beginnen, und Iris leidenschaftlich nach dem Knopf meiner Hose fingert.

(Teufelchen: »Ja! Genau! Du bist auf dem richtigen Weg, alter Junge. Das Leben ist kurz...« / Engelchen: »Stopp! Aufhören! Du bist immer noch verheiratet, egal was passiert ist, und das hier ist schließlich kein Lusturlaub, du Verbrecher...«)

Also frage ich nur mit relativ unerotischer Stimme, ob es hier in der Gegend wohl ein Hotel gebe, und ohnehin müsste ich vorher auch dringend duschen.

Belford's Pier Hotel and Bar

»Belford's!«, sagt Iris fröhlich. »Das beste Haus am Platz und im Übrigen auch das einzige Hotel im Umkreis von dreihundert Meilen. Einfach die Straße ein paar Minuten weiter rauf, du kannst es nicht verpassen.« Meine Klamotten sind mittlerweile so schmutzig, dass ich beim Laufen eine Spur aus Staub und Gestein hinterlasse, und daher kaufe ich noch eine braune Badehose mit orangenfarbenen Totenköpfen und sechs schwarze T-Shirts, alle mit der Aufschrift »Billabong« versehen. Iris lächelt zum Abschied, und ich trete hinaus in das gleißende Sonnenlicht.

Das direkt auf dem einsamen Strand errichtete Haus ist im Kolonialstil gehalten und liegt einige Meilen außerhalb des Ortskerns.

Es ist fast komplett aus weiß getünchten, aber im Laufe der Jahre sonnenverblichenen Holzplanken gebaut, lediglich die Verzierungen um das lange Vordach und an den Erkern des zweiten Stockwerks sind aus grün oxidiertem Kupfer.

Ich parke meinen Falcon auf dem völlig überdimensionierten Parkplatz, der sich neben dem Haus an den breiten Strand schmiegt, und auf dem lediglich ein verrotteter Jeep und eine betagte, aber gepflegte Harley Davidson stehen.

Ein kleines Schild über der seitlich am Haus gelegenen Eingangstür verrät den Namen des Etablissements. »Belford's Pier Hotel and Bar«.

Ich trete in einen großen, dunklen Raum und erblinde zunächst, erkenne aber nach einigen Sekunden links von mir im Dämmerlicht einen langen, wuchtigen Tresen mit gepolsterten Barhockern und etwa ein Dutzend großzügig im Raum verteilte, menschenleere Tischgruppen. An der Wand hinter dem Tresen warten Heerscharen unterschiedlichster Flaschen darauf, geöffnet oder geleert zu werden, ordentlich aufgereiht in einem verspiegelten und mit Ornamenten versehenen Regal.

Rechts von mir steht ein Billardtisch, einige Kugeln und zwei Queues liegen darauf, als hätten sich die Spieler eben gerade in Luft aufgelöst. Zum Strand hin wird der Raum immer heller, denn hier liegt hinter geöffneten Glastüren eine große Terrasse, von der eine breite Holztreppe hinunter zum Stand führt. Dahinter erblicke ich den bereits im Namen des Hotels erwähnten Pier, einen auf mächtigen Stämmen errichteten Holzsteg, der sich gut einhundert Meter ins Meer erstreckt.

Am Ende dieses Piers ist endlich auch jemand zu sehen.

Eine sehr dicke, dunkelhäutige Gestalt mit schneeweißem Haar, die offensichtlich angelt. Ich trete auf die Terrasse hinaus und winke, kann hierdurch jedoch keine Reaktion bei dem Fremden erzielen, sodass ich mich umdrehe und wieder auf die dämmrige Theke zusteuere.

Und mit einem Mal sehe ich sie. Zwei Männer.

Der eine sitzt in der hintersten Ecke neben der Theke auf einem kleinen Sofa und blickt angestrengt auf ein mit wenigen Figuren besetztes Schachbrett. Seine weißgrauen Haare hat er zu einem strengen Zopf gebunden. Er krault sich seinen Bart, nippt an einem Bier und beachtet mich nicht weiter.

Der andere steht hinter der Theke neben der glänzenden Zapfanlage und schaut mich mit einem süffisanten Grinsen an. Er ist hager und hat schulterlanges, graues Haar. Irgendetwas stimmt mit seinen Zähnen nicht. Sein stechender, misstrauischer Blick, die Hakennase und die im Laufe vieler Jahre bereits verlaufenen und nicht genau definierbaren Tätowierungen auf den muskulösen Unterarmen strahlen eine gewisse Aggressivität aus, doch just in diesem Moment verwandelt sich sein Gesicht in ein offenes Lächeln, und jede Beklommenheit fällt von mir ab.

»Hoi mate, wie geht's dir? Was führt dich hierher? Willste in den Asbestminen arbeiten, draußen im Outback?«, fragt er mit schnarrender Stimme und lacht kurz auf. Auch der Herr mit dem grauen Vollbart prustet in sich hinein, sodass ich davon ausgehe, dass es sich bei den »Asbestminen« um einen regionalen Insiderwitz handelt.

Dann greift er nach einem Bierglas und wendet sich der Zapfanlage zu.

Ich lache auch kurz auf, ohne zu wissen, worüber und frage dann nicht besonders gewitzt, dafür umso pragmatischer: »Ist ein Zimmer frei?«

»Alle Zimmer frei, mate! Alle sechs Zimmer frei. Was Douglas?« Der Angesprochene brummelt etwas in seinen Vollbart, dann greift er nach seinem schwarzen Turm und wirft einen weißen Bauern vom Brett.

»Kannst dir eins aussuchen, ich empfehle aber eins nach hinten raus, zur Straße, die werden nicht so heiß.« Er greift sich beim Wort *heiß* kurz in den Schritt und tut dann so, als müsse er diese Hand aufgrund der irrsinnigen Hitze nun unbedingt unter den laufenden Wasserhahn halten. Dann fischt er eine mit brauner Flüssigkeit gefüllten Flasche aus dem Regal und gießt sich ein großes Whiskeyglas halb voll.

»Cool. Ich nehme eins nach hinten raus«, sage ich, doch da knallt er schon das frisch gezapfte Bier vor mir auf den Tresen. »Hoi! It's beer o'clock, mate! One for the road!«

Australisch zu sprechen ist im Übrigen ganz leicht. Es gibt einige typische australische Redewendungen, die zur Kultur und Geschichte dieses Kontinents gehören und ständig verwendet werden. Im Wesentlichen handelt es sich hierbei um die Ausdrücke »mate« – erstaunlicherweise »moit« gesprochen –, was so viel heißt wie *Kumpel*, und »no worries«, sowie den völlig bedeutungslosen Ausruf »hoi«. Alle genannten Begriffe können fast beliebig an jeden Satz angehängt oder sogar vorangestellt werden.

»Wenn du ein bisschen ausspannen willst, bist du hier jedenfalls ganz richtig, mate«, sagt der Wirt.

»No worries!«, gebe ich gekonnt zurück.

»Hoi, du sprichst gut englisch.«

»Ich habe es in der Schule gelernt.«

Er streckt mir seine Hand hin und beglückt mich mit einem festen Händedruck. »Herzlich willkommen! Mein Name ist Belford, und der ältere Herr auf dem Sofa heißt Douglas. Er ist das Zimmermädchen.« Er zwinkert mir zu und nimmt einen großen Schluck aus seinem Glas, offensichtlich zufrieden mit seinem kleinen Witz. »Und der fette, alte Sack, der gleich meinen Pier zum Einsturz bringt, nennt sich Marshall. Sprich ihn nicht an, wenn er angelt.«

Ich lasse mich auf einen Barhocker gleiten.

»Wie lange willst du hierbleiben?«, fragt Belford.

»Ich weiß noch nicht genau«, antworte ich, und für einige Minuten hört man nur die Brandung und den knarrenden Deckenventilator.

»Ich habe auch noch ein kleines Haus zu vermieten, drei Meilen von hier, direkt über der *Peaceful Bay*. Zwei Zimmer, Küche, Bad und eine grandiose Terrasse. Für dreihundert Dollar im Monat. Du kannst es dir gerne anschauen ...«

Er lächelt mich an. Himmel, was für ein Lächeln! »Ich habe alles gesehen, was es zu sehen gibt auf dieser Welt«, sagt dieses Lächeln, aber was zur Hölle ist mit seinen Zähnen los? Ich merke, dass ich auf seinen Mund starre und blicke schnell weg, doch Belford hat es bereits registriert. »Opale!«, sagt er und lehnt sich zähnefletschend zu mir über den Tresen, sodass ich im ersten Moment etwas tuntig zurückschrecke.

Und dann entdecke ich, was ich im diffusen Halbdunkel der Bar bisher noch nicht realisiert habe. Tatsächlich. Es sind Opale.

Jeder einzelne Schneidezahn und sogar die spitzen Eckzähne im Ober- und im Unterkiefer sind mit Opalen überkront. Belford dreht seinen Mund ins Licht und präsentiert stolz das weiß und rot und purpur und grün schimmernde Geschmeide zwischen seinen Lippen.

Er muss vollständig den Verstand verloren haben, denke ich.

Ein Wahnsinniger.

Von einer Sekunde auf die andere ist die Vorstellung beendet, Belford kommt ohne eine weitere Bemerkung zu seinen Zähnen wieder auf sein Haus zurück. »Ist sogar möbliert. Also, australisch möbliert. Großer Kühlschrank und Wasserkocher inklusive. Und alle zwei Wochen gibt's sogar frische Bettwäsche, oder Douglas?«

Ich schaue mir das Haus an, dann fahre ich zurück und miete es sofort.

Als sich der Abend nähert und die Sonne tiefer und tiefer sinkt, bemerke ich am Ende des Piers fahrige Aufräumaktivitäten, und einige Minuten später erklimmt Marshall – ein wirklich beängstigend dicker und schnaufender Afroamerikaner – langsam die Stufen zur Terrasse, in einer Hand die Angel, in der anderen einen leeren Eimer. Er befindet sich ganz sicher im Endstadium lebensgefährlicher Fettleibigkeit, eine Fettleibigkeit, die weltweit nur von Amerikanern mit ihrer grenzenlosen Leidenschaft und ihrem uneingeschränkten Fanatismus für alles Extreme zustande gebracht werden kann. Eine Fettleibigkeit, gekennzeichnet durch Unterarme, die besser Oberschenkel sein sollten, und einen riesigen zweiten und dritten Wanst unterhalb des kurz unter den Brustwarzen getragenen Gürtels der zeltartigen Hose.

Zu allem Überfluss trägt der Mann eine Sonnenbrille mit gelben Gläsern, und sein krauses und schneeweißes Haar steht entschieden zu wirr senkrecht vom Kopf ab.

Als er sich durch die großzügige Glastür in die Bar quetscht, raunt er mit einer dunklen und kratzigen Asthmastimme einige unverständliche Worte, etwas wie »Nothing« und »Again«.

Wenige Augenblicke später entbrennt ein gewaltiges Wortgefecht, genauer gesagt regt sich der erfolglose Angler lautstark und mit atemloser Stimme darüber auf, dass sein weißer Bauer neben dem Schachbrett liegt. Dies könne überhaupt nicht sein, das werde Douglas noch bereuen, und alle seien *bloody bastards*, und wenn er morgen einen Fisch fange, werde er ihn ganz alleine aufessen, bevor er ihn mit so einem Arschloch und Betrüger teile, und sie könnten ihn alle mal am Arsch lecken.

Ich blicke in die untergehende Sonne und freue mich auf die dicke Federkernmatratze in meinem kleinen Haus.

Die letzte Spur, die es von mir gibt, endet bei einem Hunderte, nein, Tausende von Kilometern entfernten Autohändler. Dennoch bekomme ich die Bilder nicht aus meinem Kopf. Ist mein Reihenmittelhaus mit rot-weißgestreiftem Plastikband polizeilich abgesperrt? Warum hat mich am Flughafen in Sydney keine internationale Polizeieinheit erwartet? Und was habe ich hier verloren?

Wellenreiten

Ich wache auf und die warme Morgenluft riecht nach Salz und nach taufeuchter Erde. In den Wellen tief unter mir vergnügt sich ein Surfer, und ich beobachte fasziniert seine kraftvollen, geschickten Bewegungen. Nun steht er am Strand und schaut zu mir nach oben, und dann winkt er, und ich winke leicht irritiert zurück.

Mich überkommt ein übermächtiger Wunsch nach Kaffee, und so befinde ich mich wenig später auf dem

Weg zu Iris, um dort die Erstausstattung für meine Küche zu besorgen und den riesigen Kühlschrank zu füllen. Leider ist sie nicht da, der Laden geschlossen.

Ich warte im Schatten einer Mangrove und tatsächlich parkt einige Minuten später ihr grauer Lieferwagen neben dem Laden und Iris steigt aus. Aus dem Laderaum zieht sie ein tropfendes Surfbrett, und ihre sonnengebleichten Locken sind zu einem Zopf gebunden und glitzern feucht im hellen Licht. Als ich auf sie zukomme, lächelt sie kurz und sagt: »Ich habe dich vom Strand aus gesehen. Oben bei Belfords Ferienhaus. Das warst doch du, oder?«

»Ach, du bist der Surfer! Ich dachte, du wärst ein Mann!«, antworte ich ein wenig tölpelhaft, und Iris zieht eine Augenbraue hoch und erwidert gespielt säuerlich: »Na, vielen Dank! Das ist ja mal ein schönes Kompliment!«

»Nein, so meine ich das nicht, natürlich siehst du aus wie eine Frau! Ich meine nur, auf die Entfernung kann man das nicht so gut unterscheiden und jedenfalls, du kannst super surfen!«

(Teufelchen: »Mann! Wie peinlich! Du kannst ja wirklich überhaupt nicht mehr flirten! So wird das nix, Alter...« / Engelchen: »... und das ist auch gut so! Dass das nix wird. Und jetzt kauf einfach Kaffee!«)

Iris scheint das immerhin einigermaßen nett zu finden, ein Strahlen huscht über ihr Gesicht, und sie erwidert: »Danke! Finde ich auch!« Am liebsten würde ich noch hinzufügen: »Und du hast wunderschöne grüne Augen!«, aber stattdessen sage ich: »Hast du auch Surfbretter zu verkaufen? Ich brauche löslichen Kaffee, Brot, Butter, Tütensuppen und ein Surfbrett.«

Sie muss lachen! Und während sie noch immer lächelnd die Tür aufschließt, deutet sie nach oben und spricht die Worte aus, die dort zu lesen sind: »IRIS. Everything.« Und natürlich hat sie auch Surfbretter.

»Wie heißt du eigentlich?«, fragt sie und stößt resolut die Tür auf, lässt Sonne und Luft in den stickigen Verkaufsraum.

»Marc«, antworte ich und stelle dabei fest, dass sich mein Name extrem cool auf Englisch aussprechen lässt.

»Kannst du gut surfen, Marc? Oder willst du es lernen?«, fragt sie und schaltet die obligatorische Klimaanlage an.

»Ich schätze, ich kann es überhaupt nicht«, erkläre ich in einem Anflug ehrlicher Selbsteinschätzung.

Wir durchqueren den kleinen Laden, und in der hintersten Ecke, zwischen einem Regal mit Ersatzteilen für Außenbordmotoren und einer kleinen Auswahl australischer Weine und dem Eisschrank mit gefrorenen Fischködern, stehen fünf oder sechs Surfbretter, ordentlich aufgereiht und teilweise mit deutlichen Gebrauchsspuren versehen.

»Kein Problem!«, sagt Iris. »Ich kann es dir beibringen!«

Sie zieht ein abgewetztes Monstrum von einem Brett heraus und reicht es mir. Wasser tropft aus ihrer Mähne auf den warmen Holzboden. Ich kann zusehen, wie es dort augenblicklich verdunstet.

»O.k. Wann fangen wir an?«, frage ich schmunzelnd.

»Wie wär's mit heute Nachmittag?«, antwortet sie und legt den Kopf schief. »Komm doch einfach runter, wenn du mich am Strand siehst.« Sie greift nach einer Fernbedienung und schaltet damit einen alten, an der Wand montierten Fernseher ein. »Aber jetzt musst du mich entschuldigen, es läuft das Finale der *Stihl Timberland Weltmeisterschaft für Sportholzfäller*. Ist ein bisschen peinlich, ich weiß. Aber ich bin total süchtig danach.«

Ich blicke sie fasziniert an, dann beuge ich mich nach vorne, um einen besseren Blick auf den Bildschirm zu haben. »Ist Rocky Braxton aus Alaska noch dabei?«, frage ich.

»Rocky ist im Halbfinale rausgeflogen«, sagt Iris ungerührt. »Billy McRoy hat ihn rausgeworfen. Ein Schotte! Muss man sich mal vorstellen ...«

»Unglaublich! Und was ist mit Evil Donaldson?«, bohre ich weiter, immer noch völlig erstaunt darüber, dass es außer mir noch einen Menschen gibt, der sich für diese einmalig schwachsinnige Sportart interessiert. Iris schaut mich amüsiert abschätzend an. »Na, da kennt sich aber einer aus, was?«

»Allerdings!«, gebe ich zurück.

Am Nachmittag muss ich feststellen, dass Wellenreiten die schwierigste Freizeitbeschäftigung der Welt ist. Es fängt schon damit an, dass man auf dem Brett liegend mit den Armen aufs offene Meer hinauspaddeln soll, während die heranbrandenden Wellen mit aller Kraft gegen dich arbeiten und dich unentwegt ans Land spülen oder ertränken wollen. Die Ruderbewegung der Arme hierbei ist vollkommen unnatürlich und führt daher bereits nach wenigen Minuten zu bandscheibenvorfallartigen Muskelkrämpfen im Schulter- und Nackenbereich. Außerdem ist es selbst im Liegen nahezu unmöglich, auf dem Brett die Balance zu halten, sodass man ständig linkisch herunterrutscht. Hinzu kommt, dass Wellen auf magische Weise optische Täuschungen sind, die vom Strand aus relativ harmlos aussehen, sich im Wasser allerdings in meterhohe, unüberwindliche Wände verwandeln.

Ich sitze schwer atmend und immer noch Salzwasser spuckend im Schatten eines kugelrunden Felsens im Sand, und Iris kommt aus den Fluten auf mich zugelaufen und lacht. Es ist ein offenes, wirklich vergnügtes und keineswegs bösartiges Lachen, ein ansteckendes Lachen, und sie sagt: »Du kannst das ja wirklich überhaupt nicht!«, und dann lachen wir beide, obwohl ich eigentlich gehofft habe, dass sie nichts von dem mitbekommt, was ich dort in Strandnähe veranstalte. Als wir fertig sind mit Lachen, geht Iris nahtlos dazu über, mir das Wellenreiten zu erklären. Eine gute halbe Stunde lang redet sie auf mich ein, erklärt mir alles über die Bucht und die Eigenarten verschiedener Brandungen und Wellenformen und welche Position ich auf dem Brett einnehmen soll, und dass ich zunächst nur auf dem Bauch liegen bleiben könne und wie ich am besten den *Point break* einer Welle erwische und dies und jenes. Sie lässt mich Trockenübungen auf meinem Brett machen und führt selbst einige davon vor, und als wir dann schon fast wieder trocken sind, mache ich mich voll motiviert auf den Weg ins Wasser.

Ich laufe zunächst etwa zweihundert Meter den Strand entlang, um von der Mitte der Bucht, in der die Wogen und Strömungen extrem kräftig und schier unüberwindlich sind, an den Rand zu gelangen, wo die Brandung dem Namen der Bucht schon eher entspricht und relativ friedvoll und gleichmäßig hereinrollt. Von hier aus starte ich mit ruhigen und kraftvollen Zügen Richtung offenes Meer, mein Kopf ist auf einer Höhe mit der Spitze des Bretts, und immer wenn eine Welle vor mir auftaucht drücke ich es nach unten und tauche unter den Wassermassen hindurch. In einem großen Bogen gelange ich so wieder in die Mitte der Bucht, bin aber hinter der Brandung, sicherlich gut zweihundert Meter vom Strand entfernt, und werde hoch- und wieder hinuntergehoben vom meterhohen Seegang.

Langsam rudere ich in Richtung Strand, blicke mich immer wieder um und warte auf den richtigen Moment. Wenn ich mich jetzt zu weit zum Ufer hin manövriere oder eine Welle zu früh bricht, dann werde ich begraben von den Wassermassen, nach unten gedrückt im Strudel, im Machtkampf der Elemente.

Auf einmal sehe ich sie, wie aus dem Nichts ist sie hinter mir aufgetaucht, eine Wand aus Wasser, obenauf ist bereits eine breite Schaumkrone zu sehen, die sich über mich ergießen will, und mir klingen Iris' Worte in den Ohren.

Wenn sie hinter dir ist, gibst du Vollgas. Alles, was geht.

Und genau das tue ich jetzt, meine Hände und Arme

durchpflügen das Wasser, als wäre ich ein durchgedrehter Schaufelraddampfer, und mit einem Mal spüre ich einen mächtigen, erbarmungslosen Sog von hinten, der mir Angst macht, und die Zeit bleibt kurz stehen, wie in einem Traum, in dem man rennt und ackert und dennoch nicht vom Fleck kommt. Doch plötzlich werde ich nach vorne katapultiert mit einer unvermittelt einsetzenden Beschleunigung, und ich schreie auf, zunächst aus Todesangst, dann aus Begeisterung, und nun schieße ich auf den Strand zu, sehe Iris dort mit verschränkten Armen stehen, die Welle hinter und über mir, sie gehört nur mir und sie trägt mich in atemberaubender Geschwindigkeit zum Ufer, und irgendwann bricht sie endgültig über mir zusammen, wieder und wieder, und mit einem letzten Schwall werde ich auf den Strand gespült, immer noch schreiend und mit ausgebreiteten Armen. Iris kommt herbeigelaufen und ruft »Unglaublich!« und kniet sich grinsend neben mich in den Sand. Ich drehe mich auf den Rücken, blinzle das Salzwasser aus meinen Augen und recke die Fäuste in die Sonne.

»Ich bin der König der Welt«, rufe ich.

»Na. Jetzt übertreib' mal nicht«, schmunzelt Iris.

(Teufelchen: »Jetzt könntest du versuchen, sie zu küssen! Los! Mach schon!« / Engelchen: »Untersteh' dich! Die haut dir bestimmt eine runter.«)

Später sitzen wir zusammen im *Belford's Pier Hotel and Bar* auf der Terrasse. Belford bringt unsere Getränke und lässt uns teilhaben an seinem aktuellen Gedankengut. »...und gerade sag ich noch zu Douglas: Hoi! Nirgendwo auf der Welt wird pro Kopf so viel Sonnencreme und Sunblocker verbraucht wie in Australien, und nirgendwo gibt es so viel Hautkrebs.« Er blickt an mir vorbei ins Leere, so als würde er seine Schlussfolgerung nochmals auf den Prüfstein stellen, um dann energisch zu erklären: »Also, ich muss da nur eins und eins zusammenzählen. Cheers!«

Dann dreht er sich um und befestigt einen handgeschriebenen Zettel an der Glastür. Iris grinst mich an und beugt sich mit hochgezogenen Augenbrauen zu mir herüber. »Er ist verrückt!«, flüstert sie. »Genau wie die beiden anderen. Aber irgendwie auch süß. Die drei sind das Herz und die Seele unseres kleinen Städtchens. Nach mir natürlich!«

Ich stehe auf, und als ich den Zettel lese, verschlägt es mir die Sprache.

BASSIST gesucht!
Bluesrockband sucht fähigen Bassisten.
Belford – Vocals / Marshall – Guitar / Douglas – Drums
Bitte bei Belford am Tresen melden. No worries!
Professionelles Equipment vorhanden!

Ich reiße den Wisch von der Scheibe und murmle: »Das gibt's doch nicht.« Mein Herz fängt an zu klopfen.

»Was ist denn los?«, fragt Iris.

»Ich komme gleich wieder«, sage ich und verschwinde in der Bar.

Gereizt

Ich frühstücke. Belford macht einen herrlichen Fleischkuchen und ein hervorragendes Omelett mit Bratkartoffeln und weißen Bohnen in Tomatensauce.

Auf dem Parkplatz neben der Bar sind ein paar Touristen angekommen. Ein verliebtes Touristenpärchen.

Ich kann die beiden durch die offene Tür sehen, sie sitzen in ihrem Budget Rental Car (Klasse 2) mit Upgrade zum Cabriolet und bewundern den Strand. Der Mann zeigt auf den Pier und lacht, und ich erkenne ein sicheres und anerkanntes Zeichen des internationalen Idiotentums: die nach hinten gedrehte Baseballkappe.

Zum Glück steigen sie wieder in ihr winziges Fahrzeug (einen Suzuki?) und fahren in dem Glauben, völlige Freiheit gefunden zu haben, mit aufgeschlagenem Verdeck weiter, wahrscheinlich müssen sie noch einige Kilometer runterreißen, um ihr Tagessoll zu erfüllen, bevor sie abends krebsrot gebrannt in einem Backpacker einchecken.

Es ist kein Gerücht: Die australische Sonne ist tödlich.

Da die Fakten darüber in Australien zum Allgemeinwissen zählen, fahren hier auch nur Idioten und Touristen in Cabriolets umher.

Es sind die gleichen Idioten, die sich an den Strand in die Sonne legen und die sich Muscheln und Fische im Geschäft kaufen, anstatt sie einfach von den wasserumspülten Felsen abzupflücken oder an einer Nylonschnur zappelnd aus dem Meer zu ziehen.

Diese verdammten Idioten, die in ihrem jährlichen Sklavenurlaub für zweieinhalb Wochen nach Australien fliegen, zweihundert Kilometer die Küste rauf und runter fahren und abends die an der Tankstelle gekauften, in Salzlake und Konservierungsmittel eingelegten Fischköder (meist winzige Fische oder Krabben) selber essen.

»Schmeckt aber irgendwie komisch, Schatz.«

»Ach Quatsch, du bist nur den Geschmack der Natur nicht mehr gewöhnt.«

Diese Vollidioten, die für zweihundertfünfzig Euro einen ausgehöhlten Ast kaufen und stundenlang hineinpusten, um damit einen vollkommen langweiligen und rammdösigen Ton zu erzeugen.

Zu Hause wird dann stolz das *Hard-Rock-Cafe-Sydney*-T-Shirt präsentiert und ein paar Monate später beim Hautarzt nicht mehr ganz so stolz die komischen Flecken auf der Haut. Bravo! Bravissimo!

Ich bin gereizt. Obwohl ich meine Tage fast ausschließlich mit angenehmen Dingen verbringe, bin ich sehr gereizt. Und ich weiß auch, warum. Es ist die Ungewissheit. Sie frisst mich auf.

Ein perfekter Tag

Ich stehe bei Iris im Laden und betrachte die kleine Internetkabine mit Telefon. Iris will noch schnell die Wocheneinnahmen abrechnen, und ich habe bereits unsere Surfbretter auf meine Ladefläche geworfen. Wir wollen heute nicht in der *Peaceful Bay* surfen, vielmehr haben wir einen weiteren Traumstrand etwas weiter nördlich im Visier, an dem in der Regel eine ebenso fantastische Brandung herrscht wie an meinem *Hausstrand*. Ich habe in den letzten Tagen wirklich konzentriert auf dem Bass geübt, den Belford mir zur Verfügung gestellt hat, und wenn ich heute Nachmittag bei der Probe versage, dann soll es wohl so sein.

Nun stehe ich wie gebannt vor dem kleinen Computer, der mir Einblick in die ganze Welt verschaffen kann, wenn ich das will. Wenn ich möchte, kann ich ganz schnell Gewissheit haben, und ich will, ja plötzlich muss ich Gewissheit haben.

Ich klicke mich ins Netz, und eine der ersten Meldungen unter dem eingegebenen Suchbegriff ist eine Pressemitteilung mit dem Titel

ALTERNATIVE MULTIKULTURELLE ÖKOLOGIE BANK AM ENDE
(Frankfurt) Mit dem Bankrott der *Alternativen Multikulturellen Ökologie Bank eG (AMÖB)* ist eines der größten Finanzprojekte der Alternativbewegung an Missmanagement und Inkompetenz gescheitert. Als

letzte Amtshandlung erklärte der Vorstand Arnulf S., dass nach dem Finanzdebakel durch geplatzte Kredite in Millionenhöhe die Geschäfte bis zur endgültigen Auflösung der AMÖB auf eine Bankaktiengesellschaft unter Kontrolle der Bankenaufsicht übertragen werden. Durch mehrere geplatzte Großkredite war die Bank vor Kurzem in Schieflage geraten, ein Darlehen an eine bundesweit operierende Recyclingfirma musste in ganzer Höhe abgeschrieben werden. Der endgültige Lizenzentzug durch das Bundesaufsichtsamt für das Kreditwesen wurde unvermeidlich, als betrügerische Machenschaften in Bezug auf diverse Großengagements des Kreditinstitutes bekannt wurden, z.B. Darlehen an die alternative Lebensmittelkette *Ökofoods & Biodrinks (Ö&B)* und an den Bauträger des mittlerweile als gescheitert geltenden Freiburger *Ökovillage* (wir berichteten). Im Fall der *Ö&B* und des *Ökovillage* liegt laut Pressemitteilung der Bankenaufsicht zudem eine »unfassbar dreiste Form der Bilanzfälschung und persönlicher Bereicherung« vor, in die neben Arnulf S. auch andere Führungskräfte der ökologischen Bank maßgeblich verwickelt sein sollen. Mit in den Abgrund gerissen wurde auch die Monatszeitschrift *Ökorrekt*, an der die AMÖB eine erhebliche Beteiligung hält, und die ebenfalls einen Großkredit der Bank in Anspruch genommen hatte. Arnulf S. befindet sich momentan in Untersuchungshaft, auch weil er kurz vor Bekanntwerden der betrügerischen Aktionen eine nicht unerhebliche

Geldsumme von seinem Privatkonto entnahm und nunmehr laut Staatsanwaltschaft Fluchtgefahr besteht. Arnulf S. verweigert momentan jede Aussage, auf Fragen der Reporter bei seiner Verbringung zum Untersuchungsrichter antwortete er lediglich mit einem verbitterten »Unknorke«.

Aufgedeckt wurden das Finanzfiasko im Übrigen von einer Person, die persönlich bei der Frankfurter Bankenaufsicht erschien, und sich als Murath B., Mitarbeiter des Geheimdienstes, vorstellte.

Murath B. überreichte einen Aktenordner mit allen zurückgehaltenen Bilanzen und Unterlagen der betroffenen Firmen sowie Mitschriften vertraulicher Gespräche, bevor er spurlos in den Menschenmassen der Frankfurter Innenstadt verschwand. (col)

Na! Das ist ja eine Hammermeldung. Ich schalte den PC aus und stiere das Telefon an. In Deutschland ist es jetzt kurz nach Mitternacht und ohne groß nachzudenken, wähle ich meine deutsche Telefonnummer. Es klingelt dreimal. Viermal. Dann geht ein völlig verschlafener Mann ans Telefon.

»Hello? Who is därr?«

»Ngububu? Du lebst?«, platzt es aus mir heraus.

»Hello? Who is därr?«, kommt es erneut vom anderen Ende der Welt.

Ich überlege. Warum sollte ich es ihm nicht sagen?

»Hier ist Marc. Ngububu! Ich dachte ich hätte dich umgebracht.«

Ich glaube, so etwas wie ein Lachen zu hören.

»Marc? Marc! Nein. No. No. Nur Platzwunde an Kopf ... Nadja! Nadja! Marc is därr!«

Ich höre eine entfernte weibliche Stimme, dann ein Rascheln, und dann fängt ein kleines Kind an zu schreien. Ngububu schreit nun noch lauter und am Hörer vorbei.

»Nadja! Jacqueline! Püscha! Komm mal all her. Marc is därr!«

Ngububu spricht wieder in den Telefonhörer, er ist mit einem Mal sehr mitteilsam. »Oh Marc, my friend. Nur Platzwunde! We all live hier in dein Haus. Jacqueline is very schwanger, maybe ich bin the Papa. But maybe Püscha. Wir werde sehe. Komm du bald wieder?«

Mit einem Schlag ist Nadja am Telefon.

»Marc?«, schreit sie in den Hörer, sodass ich ihn ein gutes Stück von meinem Ohr weghalten muss. »Marc?«, wiederholt sie ärgerlich.

»Hallo Nadja«, sage ich mit zunächst erstaunlich ruhiger Stimme.

»Verdammt noch mal Marc! Wo zum Teufel bist du? Weißt du eigentlich, was hier los ist? Hier liegt alles in Scherben! Das hast du dir so gedacht, ...«

»Nadja, bitte ...«

»... hier einfach so vom Acker machen kannst ...«

»Nadja!«

»... eine Sekunde darüber nachgedacht, was du mir damit antust, und wie es mir geht, und wie ich jetzt ...«

»Nadja!!!«

»Was ist?«, ruft sie in den Hörer, und für eine Sekunde hört man nur das statische Rauschen der Leitung.

»Nadja, ich möchte wissen, also, wie geht es Thomas-Max? Wie geht es dem Kleinen?« Wieder ertönt weißes Rauschen, dann sagt Nadja einigermaßen gefasst: »Es geht ihm gut.«

»Ich vermisse ihn.« Meine Stirn liegt auf meiner Handfläche. »Sehr sogar!«

»Ach ja!« Nadja ist sofort wieder auf hundertachtzig. »Und was ist mit mir? Mich vermisst du wohl nicht! Das könnte dir so passen ...«

»Nadja. Es ist so viel passiert!«, rufe ich.

»... frage mich, ob du dir überhaupt vorstellen kannst, was du hier ...«

»Es ist so viel passiert!«, wiederhole ich mich.

»Nichts ist passiert! Hörst du! Gar nichts!«, schreit Nadja.

Ich lege auf. Stille.

»Oh doch. Eine ganze Menge ist passiert«, sage ich zu mir und schaue für einige Sekunden auf meine etwas zu langen Fußnägel. Dann lege ich den Kopf in den Nacken, und mein Freudenschrei durchflutet den Laden wie ein kleiner Tsunami.

Mir fallen tausend Wackersteine vom Herzen. Wahrscheinlich werde ich noch nicht einmal polizeilich gesucht.

»Er lebt!«, rufe ich. Und noch mal: »Er lebt!«

Ich renne zu Iris an die Kasse, die ihre Buchhaltung unterbricht und mich verständnislos anschaut und rufe: »Iris, ich bin KEIN Killer!«

Ich umarme sie und wir drehen uns, und ich küsse sie wie im Rausch auf den Mund.

(Teufelchen: »Ja! Ja! Ja!« / Engelchen: »Nein! Nein! Nein!«)

Sie schaut leicht irritiert, muss aber gleichzeitig lachen.

»Du bist kein Killer? Also, Marc, ich weiß zwar nicht, was du meinst, bin aber dennoch sehr enttäuscht über diese Nachricht.«

Sie widmet sich lächelnd wieder ihren Zahlen, und ich antworte enthusiastisch: »Ich lade dich heute zum Essen ein, heute Abend? Um neun? Okay?«

Sie blickt mich an mit ihren unergründlichen, grünen Augen und sagt: »Du wirst dich doch nicht etwa in mich verlieben, Marc?«

»Bist du verrückt geworden?«, antworte ich, und dann lächle ich sie an, mit einem richtig coolen Lächeln (man spürt es, wenn man richtig cool lächelt, genauso wie man es spürt, wenn man total bescheuert lächelt), und wir schauen uns direkt in die Augen.

Was kann ich dort lesen, in diesen Augen?

Urwaldmusik

Die Bandprobe findet bei Marshall statt.

Auf halbem Weg Richtung Städtchen bittet Belford mich, etwas langsamer zu fahren, und blickt angestrengt nach links in den Urwald. Auf einmal ruft Douglas von hinten: »Da! Neben dem Farn geht's rein.« Wir fahren in den dichten Urwald, der Weg gleicht eher einem ausgetrockneten Bachlauf als einer Straße, und nach einigen Minuten erblicken wir Marshalls Heim.

Ich parke den Falcon neben Marshalls glänzender Harley, und als der Motor erstirbt, werden wir eingehüllt vom grünen Rauschen des Waldes und den eigentümlichen Geräuschen seiner Bewohner.

Im Grunde wohnt Marshall in einem Haus, welches nur aus Dach und Boden besteht, eine einzige, riesige, überdachte Fläche.

Ich erblicke eine gasbetriebene Kochnische und daneben ein erstaunlich reinlich wirkendes Wasserklosett sowie eine etwas waghalsig konstruierte Duschvorrichtung, beides gespeist von einer Regenwasserzisterne, die wie ein kleiner Turm neben dem Haus steht.

Douglas klopft mir freundlich auf den Rücken und winkt mich im Vorbeigehen mit der Hand hinter sich her. Ich schiebe eine riesige Hängematte zur Seite und kann meinen eigenen Augen nicht trauen. Auf einem alten Teppich ist das komplette Equipment einer Rockband aufgebaut und zwar auf professionellstem Niveau.

Zentrales Element ist ein perlmuttglänzendes Schlagzeug, die einzelnen Trommeln mit Chrombeschlägen versehen, um welches sich diverse schwarze Lautsprechertürme und Verstärker für Gitarre, Bass und Gesang reihen. Mehrere Mikrofone sind vor dem Schlagzeug und den Lautsprecherboxen aufgestellt und mit einem *Apple*-Computer verkabelt worden, sodass ein gespielter Song offensichtlich direkt aufgenommen und digital bearbeitet werden kann.

Nur von Marshall ist weit und breit nichts zu sehen.

Als ich mich dem Schlagzeug und den Boxen nähere, nehme ich einen süßlichen Geruch wahr und dann entdecke ich hinter dem Haus, eingetaucht in strahlendes Sonnenlicht, eine beeindruckende Marihuanaplantage. Sicher fünfzig große Pflanzen stehen unbehelligt in voller Blüte, aufgeregt umwuselt von den glücklichsten Insekten der Welt.

Belford stellt sich ans hintere Ende des Hauses und ruft Marshalls Namen in den Wald hinein. »Komm raus, Fettsack! Wir sind da!« Douglas setzt sich bereits ans Schlagzeug.

Irgendwo im Dickicht höre ich leise einen Generator anspringen, und mit vielfältigem Brummen blinken die kleinen Leuchtdioden der Verstärker auf und der Computer startet.

Kurz darauf schält sich Marshall aus der grünen Blätterwand neben seinem Haus und hinterlässt eine große Öffnung in dieser. Er begrüßt uns keuchend, beschimpft uns kurz als *bloody bastards* und schnallt sich dann seine Gitarre um, die quasi parallel zum Erdboden auf seinem gigantischen Bauch liegt. Marshall dreht den Lautstärkeregler seiner Gitarre auf und spielt einige donnernde Akkorde, die alle Geräusche des Urwaldes ehrfurchtsvoll verstummen lassen, dann nimmt er einen tiefen Zug von einer Wasserpfeife, die auf seinem Verstärker steht.

Ich hänge mir die Bassgitarre um, und Belford erklärt mir den Ablauf eines Songs, den er vor Kurzem mit Marshall geschrieben hat und den wir jetzt einstudieren wollen. Er heißt *The Peaceful Bay* und handelt angeblich von mir.

Der Song ist nicht schwer. Insgesamt fünf verschiedene Töne, ein klassischer Blues mit einigen rauen Ecken.

Douglas zählt den Takt vor, und wir fangen an zu spielen.

Ich stehe direkt neben Doug, um meinen Bass exakt auf sein Schlagzeug zu setzen, gemeinsam geben wir dem treibenden Bluessong ein sattes Fundament über welches Marshall seinen hypnotischen Gitarrensound legt. Trotz seiner wahnsinnigen Fettleibigkeit und seiner fleischwurstartig dicken Finger beherrscht er ein unfassbar filigranes Gitarrenspiel. Seine Wurstfinger fliegen über das Griffbrett, und binnen Sekunden bilden sich dicke Schweißtropfen auf seiner Stirn.

Belford nimmt das Gesangsmikrofon in die Hand. Er zwinkert mir zu, dann schließt er die Augen und fängt an zu singen. Ein überirdischer Moment.

Der Song ist genial.

Wir feilen noch an einigen Stellen herum, und schließlich drückt Belford die Aufnahmetaste am Computer, und wir nehmen das kleine Meisterwerk auf.

»Ich glaube, wir haben eine Band!«, sagt Marshall, als wir gegen Abend zufrieden die Instrumente beiseitestellen.

»Und wie wollen wir die Band nennen?«, fragt Douglas, während er einen CD-Rohling in den Computer steckt, um die letzte Aufnahmesession zu brennen.

»Wie wär's mit *Bloody Bastards*?«, sagt Marshall und blickt schwer atmend in die Runde.

»Absolut brillant!«, schmunzelt Belford, und dann packen wir ein und fahren zurück zum *Pier Hotel*.

Nacht

Es ist Samstagnacht, und am sternenübersäten Himmel steht ein fast voller Mond, der die ganze Szenerie in ein warmes Licht taucht. Jeder Krater in der zerklüfteten Oberfläche des treuen Erdtrabanten ist gestochen scharf zu erkennen, ich strecke meine Hand aus, als könnte ich ihn vom Himmel pflücken.

Alles fühlt sich neu an.

Ich stehe mit Iris am Ende des Piers, sie hält mir einen Drink hin, will mit mir anstoßen.

Weit hinter uns schallt laute Musik aus dem Gastraum, denn im *Belford's* wird heute gefeiert.

Ein offenbar unregelmäßig stattfindendes, aber sehr beliebtes Ereignis, zu dem sich augenscheinlich das halbe Städtchen auf den Weg gemacht hat.

Die Kneipe ist brechend voll. Auf der Terrasse betreut Douglas liebevoll einen ständig ausverkauften Grill, und aus den Lautsprecherboxen wabert ein einzigartiger Stilmix aus *Deep house* und *Rock*. Auch unser Song läuft immer wieder.

The Peaceful Bay.

Marshall steht vollkommen high an der Bar und spielt Luftgitarre, und Belford zapft gut gelaunt im Akkord. Bis vor ein paar Minuten habe ich Billard gespielt und wurde auf Drinks eingeladen, und einige Einwohner bezeichneten mich lachend als lebensmüde, weil ich mich auf die drei Verrückten eingelassen habe. Auch Iris amüsiert sich, bedankt sich immer wieder für das wahnsinnig romantische Abendessen inmitten angetrunkener, singender, lachender Leute, die sie seit ihrer Kindheit kennt.

Da stehen wir nun und schauen aufs Meer, und ich schätze, dies ist der Moment, in dem ich etwas unternehmen könnte, Initiative zeigen sollte. Es ist vollkommen klar, dass Iris mich mag. Habe ich etwa Angst? Angst vor Gefühlen?

»Warum fahren wir nicht raus zu deiner Bucht?«, fragt Iris jetzt.

»Meine Bucht?«, erwidere ich und stoße endlich mit ihr an.

»Jeder in der Stadt redet nur noch von *deiner* Bucht, wenn es um die *Peaceful Bay* geht. Schließlich thronst du wie ein König darüber, immer alles im Blick. Herzlichen Glückwunsch! Sogar einen Song gibt es jetzt über dich und deine Bucht.«

Meine Bucht. Hört sich gut an.

»Ich halte es für eine fantastische Idee, jetzt zu *meiner* Bucht zu fahren«, sage ich, und wir laufen zu meinem Auto, unsere Finger suchen sich, und ich weiß nicht, ob ich Händchenhalten nicht albern finden soll, aber dann finde ich es einfach nur schön, und als wir einsteigen, beugt sich Iris zu mir herüber, und wir küssen uns. Küssen uns lange und leidenschaftlich, bis alles kribbelt.

»Fröhliche Weihnachten!«, sagt Iris in einer kurzen Pause.

»Es ist nicht wirklich Weihnachten, oder?«

»Wenn man den Gregorianischen Kalender als allgemein gültiges Zeitmaß zugrunde legt, dann müsste heute, am 24. Dezember, tatsächlich Weihnachten sein«, erklärt Iris und beißt leicht in meine Unterlippe.

»Oh. Wie gebildet du bist. Sehr sexy! Leider habe ich kein Geschenk für dich«, bringe ich jetzt hervor. »Tut mir wirklich leid.«

Iris setzt sich betont anständig auf ihren Sitz. Sie blickt mich an, mit diesen wundervollen Augen, und sagt: »Ich bin mir sicher, dass uns da etwas einfällt.«

Ich starte den Motor und rolle langsam auf die Küstenstraße.

(Teufelchen: »Sehr gut! Du hast es voll drauf, Mann!« / Engelchen: »Du wirst doch nicht etwa...« / Teufelchen: »Halt doch endlich mal die Klappe, verdammt!«)

Hinter uns verhallen die Musik und das Stimmengewirr in der australischen Nacht, und ich schalte das Radio an.

Es läuft ein wunderbarer Song von den *Doors*...

This is the end
Beautiful friend
This is the end
My only friend, the end

Of our elaborate plans, the end
Of everything that stands, the end
No safety or surprise, the end

Pressemitteilung

Raphael-Eventmanagement.com
präsentiert

THE BLOODY BASTARDS

Nach dem phänomenalen Erfolg der sagenumwobenen australischen Bluesrockband THE BLOODY BASTARDS, die mit ihrem Hit *The Peaceful Bay* wochenlang die Charts in über 28 Ländern der Welt anführten, holt
Raphael-Eventmanagement.com
die vier begnadeten Musiker exklusiv für sechs Auftritte nach Deutschland. Der Kartenvorverkauf läuft seit einigen Tagen. Karten sind erhältlich in allen bekannten Kartenvorverkaufsstellen und im Internet.

Die Tourtermine:
- 10. Mai – Nürnberg, Frankenstadion
- 12. Mai – Leipzig, Zentralstadion
- 14. Mai – Frankfurt, Commerzbank Arena (ausverkauft)
- 16. Mai – München, Olympiastadion
- 19. Mai – Hannover, AWD Arena
- 23. Mai – Köln, Rhein Energie Stadion (ausverkauft)

Momentan stürmt die neue Single *No fish again* weltweit die Charts, und auch das erste Album *(Fat Boy in the Jungle)* der Ausnahmetalente führt die internationalen Charts an, also schnell Karten sichern für das Event des Jahres.

Im Vorprogramm: *TWO ROCKS!*
Das Sensations-Duo aus Deutschland

Für

Ronald Belford (Bon) Scott
geboren am 09.07.1946, angeblich gestorben
am 19.02.1980
durch Ersticken an Erbrochenem

James (Jim) Douglas Morrison
geboren am 08.12.1943, angeblich gestorben
am 03.07.1971
durch ungeklärte Umstände (Vermutung:
Ersticken an Erbrochenem)

James Marshall (Jimi) Hendrix
geboren am 27.11.1942, angeblich gestorben
am 18.09.1970
durch Ersticken an Erbrochenem

und natürlich für Mama und Papa